I0615265

Charles Sealsfield

Transatlantische Reiseskizzen und Christopherus Bärenhäuter

Erstes Bändchen

Charles Sealsfield

Transatlantische Reiseskizzen und Christopherus Bärenhäuter
Erstes Bändchen

ISBN/EAN: 9783337361723

Hergestellt in Europa, USA, Kanada, Australien, Japan

Cover: Foto ©Andreas Hilbeck / pixelio.de

Weitere Bücher finden Sie auf **www.hansebooks.com**

Transatlantische Reiseskizzen
und
Christophorus Bärenhäuter.

Vom Verfasser des Legitimen und der Republikaner.

Erstes Bändchen.

Zürich,
bei Orell, Füßli und Compagnie.

1834.

Statt der Vorrede
Auszug eines Schreibens
(unseres Correspondenten).

Baltimore, den 4. November 1833.

»Sie erhalten hiermit, Ihrem Wunsche gemäß, ein zweites Geistesprodukt, aus derselben Feder geflossen, die einige Ihrer literarischen Freunde bereits im Manuscripte in so hohem Grade angesprochen hat. Es sind Skizzen, die zum Theile schon vor mehreren Jahren geschrieben, und von denen einzelne gelegenheitlich ihren Weg in einige der achtungswerthern belletristischen Blätter dieses Landes gefunden haben, die Mehrzahl jedoch noch nicht im Drucke erschienen ist. Wie Sie ersehen werden, so sind diese Reise- oder vielmehr Stationen-Skizzen zugleich Roman. Ein junger Hagestolz, der bereits seinen sechsten Ausflug aus dem tiefsten Südwesten der Vereinten Staaten nach dem Norden, und zwar in Heirathsspekulationen unternommen, erhält während dieses letzten Ausfluges einen neuen Korb, und kehrt in seine Heimath über Tennessee in Begleitung eines Freundes zurück.

»Es war bekanntlich die Gewohnheit Franklins, jedesmal, so oft er in einem von einem Neu-Engländer (Yankee) gehaltenen Gasthofe einkehrte, folgende Erklärung gleich bei seinem ersten Eintritte von sich zu geben: »Ich heiße Benjamin Franklin, bin von Boston gebürtig, in

Philadelphia angesessen, meiner Profession ein Buchdrucker, gegenwärtig ein Mitglied der Assembly, Gouverneur, oder was er gerade war, komme von X, hatte daselbst dieses oder jenes zu thun, gehe nach Y in diesem oder jenem Geschäfte, wünsche sehnlich recht bald ein Frühstück, Mittag- oder Abendessen, und noch sehnlicher, mit allen fernern Fragen verschont zu werden.«

»Von dieser weltbekannten und unter keinerlei Umständen zu beschwichtigenden Yankee-Neugierde kömmt auch in der Nacht an den Ufern des Tennessee ein Beleg vor. Die weitere Reise unseres jungen Hagestolzen geht den Missisippi, auf eine der Pflanzungen unter Natchez, hinab, und von da westlich den Red-River hinauf.

»Die ergreifende Wahrheit, mit der die Objekte von dem Autor aufgefaßt, die außerordentliche Lebendigkeit, mit der sie reflectirt werden, vorzüglich aber die unübertrefflich gentlemannische Laune, die durch das Ganze, und besonders den guten Christophorus Bärenhäuter hindurchweht, lassen auch beinahe mit Gewißheit voraussetzen, daß Ihnen dieses Probestück transatlantischen Humors eben so wohl behagen werde, als die frühere ernstere Arbeit dieses Autors.«

Siebzehn, achtundzwanzig und fünfzig

oder

Scenen in Newyork.

»Sissi! Sissi!«[1] rief ihre Nachtigallkehle, und ihr Engelsköpfchen guckte zur Thüre, und sie selbst tanzte herein, schnitt einen komischen Kniks, lachte eine gehorsamste Dienerin, und begann: »Nein, es ist nicht mehr zum Aushalten! Pa tobt, rennt an mir vorüber in die Straße hinaus, als ob es auf der Change[2] brennte; Ma gähnt, und will von unserm Shopping[3] nichts wissen, und brummt, immer Geld, nur immer Geld. Ach! liebe Sissi, aus der Laden-Exkursion wird nun für heute einmal nichts.«

Sissi, an welche die Jeremiade gerichtet war, lag mit ihrer Linken auf die Sophalehne gestützt, mit der Rechten Paul Clifford haltend. Sie warf einen schmachtend-wehmüthigen Blick auf die liebliche Schwester.

»Ach, der arme Staunton wird Trübsal blasen,« fuhr diese fort. »Sieh, so eben macht er die zehnte Tour gegen die Batterie[4] zu. Gestern war er eine wirkliche Jammergestalt. Ich hätte es nicht über's Herz bringen können, ihm zu versagen. Wie konntest Du nur so grausam sein, Margareth?«

[1]: S i s s i, Pa, M a, Abkürzungen von Sister (Schwester), Papa, Mama; im Familienleben sehr beliebt.

[2]: Change, Abkürzung von Exchange, die Börse.

[3]: Shopping, Ladenbesuchen, eine Lieblingsunterhaltung der jungen Damen von Newyork, besondere nach der Ankunft von Packetschiffen aus Europa.

[4]: Batterie, ein prachtvoller Spaziergang, beinahe an der Mündung des Hudsons in die See, von dem man eine entzückende Fernsicht in die Raritanbay, die gegenüberliegenden Inseln und New-Jersey genießt.

»Ach!« lispelte diese mit einem schmelzenden Blicke, »wie konnte ich anders? war nicht Ma hinter mir, und stieß mich so unsanft mit ihrem Elbogen in den Rücken? Ma ist zuweilen recht gemein.« Ein tiefer Seufzer entquoll ihrer Brust.

»Ja,« bekräftigte die Schwester, »ich weiß gar nicht, was sie gegen den armen Staunton hat; aber aufrichtig gesagt, Margareth, die Gallopade, hat gar nicht durch sein Wegbleiben verloren. Die erste, die er getanzt; war er doch so steif, wie ein Strohmann. Unser Louisiana-Hinterwäldler da nahm sich viel mehr zu seinem Vortheile aus.« Dabei blickte das schelmische Wesen mich mit einem so schalkhaften Lächeln an, daß ich, trotz des zweideutigen Compliments, ihr nicht böse seyn konnte. »Das ist unedel, Arthurine,« versetzte die bitterböse Margareth.

»Sissi, Sissi,« bat das Schwesterchen, und sie flog an Margareth heran, und schlang ihre Alabasterhände um ihren Nacken, und herzte und schmeichelte so lieblich, daß Margareth mit Thränen im Auge sie umschlang. Wer so das Mädchen sah, wie sie ätherisch hinflog, mit ihren Füßchen den glänzenden Teppich kaum berührend, der hätte schwören sollen, sie sei ein Luftgebilde. Sie war zum Malen schön. Schlank wie ein Rohr und nicht viel dicker. Man konnte sie mit seinen zehn Fingern umspannen. Jedes Gliedchen zuckte wie Quecksilber. Händchen und Füßchen im niedlichsten Ebenmaße und ein Gesicht so zart, von

Lilien und Rosen angehaucht, und das lichtblonde Köpfchen, und die hellblauen, runden, klaren Schelmenaugen voll reiner Klarheit. Man hätte sie fressen mögen.

»Ach des Jammers,« seufzte die um zwei Jahre gereiftere Margareth. »Nein, dieser gemeine Mensch, so roh und selbstsüchtig sich zwischen mich und den edeln Staunton einzudrängen! Er wird mir das Herz abdrücken.«

»Nun Sissi, das weiß ich eben nicht,« versetzte Arthurine. »Moreland, du weißt, ist volle fünf Mal hunderttausend Dollars schwer, und Staunton ist federleicht, mit ihm verglichen; kaum zweitausend per annum.«

»Liebe verschmäht das schnöde Gold,« lispelte Margareth.

»Ah bah,« meinte Arthurine, »ich nehme Silber, wenn es in hinlänglicher Quantität vorhanden ist. Denke nur der Partien, der Bälle. Jeden Sommer nach Saratoga[5], vielleicht nach London, Paris. Viktorine hat mir den Mund ganz wässerig mit der königlichen Adelaide gemacht.«

[5]: S a r a t o g a, die bekannten Mineralquellen des Staates Newyork.

»Hinweg, hinweg mit seinem Bilde,« rief Margareth.

»Er ist ja noch nicht da, er kömmt erst zum Thee, und bis dahin haben wir noch sechs lange Stunden,« meinte Arthurine mit wahrer christlicher Ergebung.

»Ach, du Grausame!« lispelte Margareth, »uns dieses kleine Vergnügen zu versagen des elenden Geldes wegen!«

»Ja, wenn wir noch ein Paar Dutzend tüchtige, nagelneue Romane hätten,« meinte Arthurine. »Ich kann nur nicht begreifen, warum Cooper so faul ist. Das Jahr hindurch nicht mehr als einen Roman! Ich könnte, mein' ich, alle Tage einen spielen. Wie wär's Sissi, wenn du zu schreiben anfingest? Ich glaube, so gut wie Mistreß Mitchell triffst du es auch. Bulwer ist ein unausstehlicher Fantast, und Walter Scott wird so alt, und abgedroschen, als wenn er für Tagelohn schriebe.«

»Ach Howard!« seufzte Margareth.

»Geduld, liebe Margareth!« erwiederte ich. »Wenn es möglich ist, so helfe ich Ihnen den Alten ausputzen. Wollen es wenigstens versuchen.«

Klapp, klapp, klapp erschallte es an der Hausthüre. Arthurine horchte. Noch zwei Schläge. Ihre Augen leuchteten vor Freude. »Ein Besuch,« rief sie triumphirend, und tanzte zur Thüre und horchte. »Ach, das sind Damenfußtritte!« Die Thüre öffnete sich, und herein schwebten in's glänzende Drawing-room[6] die Misses[7] Pearce, so rauschend, so duftend in den violettfarbigen, offenen Ueberröcken und gestickten Roben und in Prunellschuhen! Sie sahen aus, als ob sie auf den Ball gingen.

[6]: Drawing-room, Besuchzimmer.

[7]: Misses, Plural von Miß, Fräulein.

Wer unsre Mädchen vom sogenannten haut-ton im Morgenkleide zu sehen das Glück hat, ich sage, zu sehen, das Glück hat — denn wir sind bereits ziemlich exclusiv geworden, — dessen Herz muß von Granit oder Quarz geformt sein, wenn es so vielem Zauber widerstehen kann. Diese zarten, leichten Wesen mit ihren intellectuellen und doch so schmachtenden Gesichterchen, ihren schwimmend-feurigen Augen, ihren zarten Körperchen, die man gerne festhalten möchte, damit der Wind sie nicht wegblase; diese zarten Hände und Füßchen, sie sind unwiderstehlich. Die Bostonerinen sind verstandreicher, ihre Gesichtszüge

9

regelmäßiger, aber sie haben etwas Yankeeartiges, das mir nicht zusagt; zu dem ist ihre Taille ein Artikel, an dem ich immer das Wichtigste vermisse, nämlich den Busen. Es ist bekanntlich in der Yankee-Metropolis Mode, keinen zu haben. Dabei sind sie so verwünschte Bluestockings[8]. Die Philadelphierinnen sind runder, elastischer. Man trifft unter ihnen herrliche Gestalten, die so angenehm plappern; im Small talk[9] sind sie unübertrefflich; aber die Newyorkerinnen, besonders wenn so ein letzter Mohikan oder Redrover erschienen, sind ganz unvergleichliche Coras und Alices, zum Malen natürlich. Cooper, ich wette darauf, würde er sie nur sehen, zerrisse seine Manuscripte, und bildete seine Damen weniger hölzern. Er muß ihre Bekanntschaft bloß auf der Batterie oder im Broad-way gemacht haben, wo sie so entsetzlich im Putze vergraben sind, daß der eigentliche Mensch gar nicht herauszufinden ist. Die zwei eintretenden Misses sind sprechende Beweise. Die vier täglichen Metamorphosen einer fashionablen Engländerin oder Französin haben sie mit Einem Male auf sich geladen. Doch mit meinem tête-à-tête ist es für heute vorbei. Ich bin nun überflüssig, und für die Langeweile der zwei holden Geschöpfe ist gesorgt. Ich empfehle mich daher.

Als ich vor dem Parlour[10] vorbeikam, öffnete sich die Thüre, und Mama Bowsends winkte mir hinein. Auch der Papa war zugegen.

[8]: Bluestockings, buchstäblich Blaustrümpflerinnen, so viel als wirkliche Schöngeister, Literatoren.

[9]: Small talk, plaudern, gewöhnlicher Conversationston.

[10]: Parlour, Sprachzimmer, Besuchzimmer, das von Drawing-room dadurch unterschieden ist, daß es zugleich Speisesaal ist, wogegen das Drawing-room Thee- und Damensaal genannt werden könnte.

»So zeitlich verlassen Sie uns heute, lieber Howard?«

begann die Erstere.

»Die Misses haben Besuch bekommen.«

»Ach, lieber Howard!« seufzte die Ma.

»Die Workies[11] haben ihren Canvaß durchgesetzt,« brummte der Pa.

»Der fatale Staunton,« unterbrach ihn seine Ehehälfte. »Stellen Sie sich nur vor«...

»Dem pfiffigen Israeliten[12],« fuhr Mister Bowsends fort, »dem hat sein Busenfreund einen herrlichen Streich gespielt. Ha, ha! Alle Tage war er vor der Kirche. Ha, ha! War, zum Todtlachen. Nichts davon gehört, Mister Howard?«

[11]: Workies, Handwerksgesellen, Handwerker, die bekanntlich in Newyork und Philadelphia eine sehr bedeutende Klasse bilden, ihre eigenen, wohl redigirten Journale besitzen, ihre Versammlungen mit Präsidenten, Sekretairen haben, und bei den öffentlichen Wahlen eine sehr einflußreiche Stimme führen.

[12]: Pfiffige Israelite, eine Anspielung auf einen sehr bedeutenden Politiker der Stadt Newyork, der dieses Glaubens ist.

Ich wußte nicht, wo ich die Ohren zuerst hinhalten sollte. Die beiden Eheleute gönnten einander das Wort nicht.

»Ich weiß nicht,« jammerte die Dame, »aber dieser Mister Staunton wird mir jeden Tag mehr zuwider. Denken Sie nur, er hat wirklich die Effronterie, von Margareth nicht lassen zu wollen. Kaum zweitausend per annum.«

»Er soll Anstalt machen, von der Hermitage[13] aufzubrechen; die Bankaktien sind ein halbes Prozent gefallen,« schnarrte der Herr Gemahl darein.

[13]: Hermitage, Einsiedelei, der Landsitz und Pflanzung des gegenwärtigen Präsidenten der vereinigten Staaten,

Andrew Jackson.

Erstaunlich! rief ich. — Das paßte auf den armen Staunton und den neuen Präsidenten.

»Er sollte doch denken, wer er ist, und wer wir sind,« rief sie, sich dehnend.

Freilich, freilich! bekräftigte ich.

»Und die Gouverneurs-Wahl geht auch so verzweifelt schlecht,« meinte hinwieder Mister Bowsends.

»Und dann Margareth, — denken Sie sich nur die Blindheit! — freilich ist sie ein sanftes, gutes Wesen — aber fünf Mal hunderttausend Dollars,« fuhr die Dame fort.

Sind gar nicht zu verwerfen, war meine Meinung.

Die fünf Mal hunderttausend Dollars hatten endlich die Saite berührt, die im Innern des lieben Mannes einen Ton von sich gab. »Fünf Mal hunderttausend Dollars! ja freilich,« bekräftigte er. — »Werden da lange fragen. Alles Narrheit; die Mädchen könnten einen Krösus ruiniren.«

»Ja, deine Wahlen und die Workies!« schmollte die Mistreß Bowsends.

»Das verstehst du wieder nicht,« versetzte er hitzig. »Interessen im Congresse — im Lande — müssen aufrecht erhalten werden. Wer würde das thun, wenn wir...«

Nicht wetteten, dachte ich.

»Bald werden wir keinen Fensterrahmen mehr einsetzen lassen können, so wachsen sie uns bereits über die Köpfe. Und diese Miß Fanny Wright[14]...«

[14]: Miß Fanny Wright, eine Schottländische Dame seit vielen Jahren in den vereinigten Staaten angesiedelt, etwas abenteuerlich in ihrem Lebenslaufe, sonst aber achtbar, in

ihren Grundsätzen Owenitin und Encyklopädistin; hält Vorlesungen, in denen die Aristokratie, Geistlichkeit etc. scharf hergenommen, und das agrarische System gepredigt wird; hat bedeutenden Anhang in Newyork, aber keinen im Lande, aus dem Grunde, der jede gewaltsame Revolution in den vereinigten Staaten unmöglich macht, nämlich, weil neun Zehntheile der amerikanischen Bürger wirkliche Land- und Grundeigenthum-Besitzer sind. — Uebrigens genießt sie das Privilegium der Freiheit, d. h. sie kann reden und drucken lassen, was sie will. Man hört sie gerne, ohne daß sie übrigens mehr Wirkung hervorbrächte, als jeder andere Prediger.

Die Dame stieß einen Ausdruck des Entsetzens aus; sie faßte sich jedoch wieder, und sprach:

»Nein, Sie sind doch unser alter Hausfreund, und ich hoffe, Sie werden«...

»Apropos,« unterbrach sie ihr liebender Gatte. »Wie ist Ihre Baumwollernte ausgefallen? Sie könnten sie an mich spediren. Wie viele Ballen?«

Hundert und einige Dutzend Fässer Tabak.

»Beiläufig sechstausend per annum,« brummte der Papa. — »Hm, hm.«

Was das betrifft, so habe ich das Capital in Händen, fuhr ich nachlässig fort, die hundert Ballen um noch hundert zu vermehren.

»Zweihundert! zweihundert!« des Mannes Augen funkelten beifällig. »Das ginge, das wäre nicht übel. Ja, Arthurine ist ein liebes Mädchen! Nun, theurer Mister Howard! wollen sehen. Ja, ja! Sie kommen doch jeden Abend — ganz ungenirt — Arthurine, wissen Sie, sieht es gerne.«

Und Mistreß Bowsends und Mister Bowsends? fragte ich.

»Sind es ganz zufrieden,« lächelten die Beiden, »machen Sie nur bald.«

Ich verbeugte mich angenehm überrascht, und ging. Zwar waren mir die vorletzten Phrasen des Trilogs nicht ganz angenehm in den Ohren verklungen. Der lieb sein sollende oder wollende Schwiegerpapa, scheint es, will seine Wettenverluste mit meiner Baumwolle wieder ausgleichen. — Es muß ein Bischen hapern. — Ekelhafte Menschen! konnte ich mich nicht enthalten auszurufen, — so ekelhaft-selbstsüchtig, daß sie sich selbst nicht zu Worte kommen lassen. Die stupideste Unverschämtheit, die je in Schneiderseelen gewohnt, die für nichts Sinn haben, als für ihr eigenes saft- und markloses, schwammiges, verdorbenes Ich! Selbst ihre Kinder sind ihnen bloß — Sachen! — Und diese Menschen gehören nun zum haut-ton. Vor fünf und zwanzig Jahren nahm er noch das Maß. Nun ist er Wortführer auf der Börse und Mitglied von zwanzig Comités. Und Arthurine! Sie, siebzehn Jahre alt, und du acht und zwanzig; — das kostspieligste Zierpüppchen der Stadt, und das will wahrhaftig nicht wenig sagen; aber auch das eleganteste, reizendste, eine wirkliche Sylphide. Gesicht und Hände können nicht zarter sein. Ihr ganzes Wesen so bezaubernd. Es war vor eilf Monaten, daß ich sie kennen gelernt, und angezogen und festgehalten wurde, als wäre ich mit Armida's Banden gefesselt. Sie war just aus der französischen Pensions-Anstalt von St. Johns in's väterliche Haus zurückgekehrt. Dieß ist, im Vorbeigehen gesagt, die Art und Weise, wie sich unsre Mushroom-Aristokratie gestaltet[15]. Ein Paar Töchter, in fashionable Pensionen gesandt, ziehen bei ihrem Rücktritt in's väterliche Haus mit ihren Gespielinnen ein Paar Dutzend junge Laffen nach, und die Glorie der Töchter strahlt natürlich auf den lieben Papa und die theure Mama zurück. Und die kleine Hexe weiß anzuziehen. Aller Herzen flogen ihr entgegen; doch keiner konnte sich rühmen, auch nur um einen Blick reicher zu sein denn seine zwanzig Mitwerber. Ich war noch der Einzige, der sich einigermaßen gewisser passiven Gunstbezeugungen rühmen durfte, als da sind: sie zu begleiten, zu Fuß und zu Pferd und im Wagen, ihr den Shawl nachzutragen und umzuhängen, ihr bestimmter Tänzer zu sein, wenn kein besserer da war, und derlei beneidenswerthe Dinge mehr. Sie scherzte, sie tändelte, sie flatterte um mich herum, hing sich an meinen Arm, und trippelte mit mir die Broadway hinauf, oder die Batterie hinab. Auch hatte ich das Geschäfte übernommen, sie mit den neuesten Produkten Walter Scott's, Cooper's, Bulwer's etc. zu versorgen, und sie mit unsern Atlantic-Souvenirs und Tokens, so wie den englischen Keepsakes und Amulets zu überraschen, nicht minder die fashionablen Bravour-Arien der hoch geliebten Madame Vestris herbeizuschaffen. Alles das hatte mich schweres Geld gekostet. Der Gedanke jedoch, es gehe zu Handen des schönsten Mädchens von Newyork, hatte mich noch immer getröstet; einmal mußte sie sich doch ergeben! Wirklich hatte mir auch das Glück schon zwei Mal gelächelt; ein Mal nämlich, als wir auf der Niagara-Brücke[16] standen, und in die tobenden Gewässer hinabstarrten, da durfte ich meinen Arm um ihren Leib schlingen, um sie vor dem Schwindeln zu bewahren, und wäre darüber beinahe selbst in den Strom hinabgestürzt. Ferner gelang mir dasselbe Wagestück bei den Trentonfällen. [17] Das war aber auch Alles seit den eilf Monaten, die ich in Newyork vergeudet, und die wahrlich meinen Beutel nicht schwerer machten. Südländer sind nun schon gewissermaßen hier wie die Gimpel oder Robbins[18] betrachtet, die so eben fett gemästet ankommen, zum Frommen heirathslustiger Nordländerinnen, von denen wir ohne viele Mühe umgarnt und eingefangen werden, versteht sich, wenn wir Dollars haben. Es ist Mode, von einer nordländischen Schönheit an unsern Theetischen bedient zu werden, der einzige Dienst, zu dem sie sich in der Regel im lieben Ehejoche verstehen. Und ich war nun zum sechsten Male bereits in diesem wichtigen Geschäfte heraufgekommen. Es war hohe Zeit abzuschließen; wenn ich nicht als verlegene Waare bald außer Concurrenz gesetzt werden sollte. Als ich so sinnend um die Trinity-Kirche in die Wallstraße hinein bog, da kam mir mein Leidensgefährte Staunton entgegen. Das betrübte Gesicht des Yankee hätte mich beinahe zum Lachen gebracht. Auch so eine Art Augur, dachte ich, als er herankam, um mir zu verkünden, daß das Wetter schön sei, und mir zugleich einen Imbiß von seinem Kautabake anzubieten. Ich konnte nicht umhin, ihm meine Verwunderung zu erkennen zu geben, wie die ästhetische, zartfühlende Margareth so etwas vertragen könne.

[15]: Mushroom-Aristokratie, Pilz-Aristokratie, ein Spottname der pilzartig aufgeschossenen Aristokratie der Seestädte gegeben.

[16]: Niagara-Brücke, eine Brücke, die von der amerikanischen Seite des Flusses zur Insel führt, welche den Fall in zwei ungleiche Hälften theilt.

[17]: Trentonfälle, Romantische Wasserfälle, unweit Balston, einer mineralischen Quelle.

[18]: Robbins, Rothkehlchen.

Ja, versetzte der Gute mit einem seltsamen Gedankensprunge, Moreland kaut ja auch.

Ja, aber der hat fünf Mal hunderttausend Dollars, und die versüßen das Gift.

Ach! seufzte er.

Den Muth nicht verloren! rief ich ihm zu, Bowsends ist reich.

Der Mann schüttelte den Kopf. Zwei Mal hunderttausend

sagt die Welt; aber morgen sind es nicht mehr zwanzig. Du kennst unsere Newyorker. Der Aufwand ist groß, und hat er die Töchter los, so fallirt er vielleicht in acht Tagen.

Ersteht aber wieder um desto glorreicher im nächsten Jahre, tröstete ich ihn.

Ja, wenn das noch wäre, meinte der Yankee.

Je nun, mit Hülfe eines so zarten Gewissens, wie das deinige, wird es ihm nicht fehlen, versetzte ich lachend. Unterdessen nimmst du die schmachtende Margareth, und theilst mit deinen Mitbürgern das beneidenswerthe Loos, mit der blechernen Büchse oder dem weiß geflochtenen Korbe dich morgens auf dem Greenwich-Markte zu ergehen, und deiner unterdessen sanft schlummernden Gattin die Kartoffeln und gesalzenen Mackarels vor den Theetisch zu legen, wofür dir dann ihre schöne Hand eine Schale Bohea einzuschenken sich herablassen wird; das ist ein Antidote gegen die Dispepsia.

Du bist boshaft, sprach der arme Staunton.

Und du nicht klug. Einem jungen Advokaten, wie du, stehen hundert Häuser offen.

Und so dir.

Ja, da hast du Recht.

Und dann habe ich den Vortheil, daß mich das Mädchen liebt.

Mich lieben der Pa und die Ma und das Mädchen.

Hast du fünf Mal hunderttausend Dollars?

Nein.

Armer Howard! lachte er.

17

Hol dich der Teufel! lachte ich dazu.

Wir hatten so ein recht angenehmes Viertelstündchen verplaudert, als von der Greenwichstraße eine Kutsche heraufuhr, in der ein Personnage saß, die ich zu kennen glaubte. So eben war eines der Philadelphia-Dampfboote angekommen. Ich trat vor. Halt! rief es — Halt! rief ich, und stürzte auf den Wagenschlag zu. Es war Richard, mein Jugend-, Schul- und Collegien-Freund und Nachbar obendrein, zwanzig Meilen von mir geboren, hundert und siebenzig von mir wohnend. Ich nahm vom guten Staunton Abschied, setzte mich in den Wagen, und wir rollten durch Broadway hinauf dem American Hotel zu.

Aber um's Himmels willen, George! rief mein Freund, als wir uns in dem ihm so eben angewiesenen Zimmer befanden, was machst du hier? Hast du deine Freunde, dein Haus, deinen Hof so ganz vergessen? Eilf Monate sitzt er da.

Und macht die Cour, und ist keinen Schritt weiter, als am ersten Tage, fiel ich ein.

Also ist es wahr, was das Gerücht sagt, daß du bei Bowsends geangelt bist? Armer Junge! sage mir um aller T....l willen, was du wohl mit dem Püppchen machen willst, die nicht einmal Geduld hat, einen Roman von Cooper durchzulesen, die schon in ihrem zwölften Jahre Tom Moore und Byron, Don Juan, vielleicht ausgenommen, auswendig wußte? Die Geographie und die Globen, Astronomie und Cuvier und die Cartons von Raphael bis über den Hals studirt, und, so wahr ich lebe, nicht weiß, ob ein Hammels-Cotelette vom Rinde oder Schweine herrührt; die den Thee wie Blumenkohl absieden, und die Eier im deutschen Sauerkraut einmachen wird.

Und vor jeder Nadel Zuckungen bekömmt; — das rührt aber vom Geblüte her, setzte ich hinzu. Aber das Kochen und Absieden wird sie bleiben lassen.

Die nicht weiß, fuhr er fort, ob die Wäsche gekocht oder gebraten werden muß.

Und singt, wie ein Engel, wenn sie nämlich nicht den Schnupfen hat, und spielt wie der Teufel, und tanzt wie besessen.

Ja das wird dich fett machen, meinte er. Ich kenne die Familie; Vater und Mutter sind die Erbärmlichsten.

Halt ein! rief ich, sie sind um kein Haar besser, noch schlechter, als der Rest.

Ja, da hast du Recht.

Wohl denn! Um sechs Uhr habe ich versprochen, zum Thee zu kommen. Willst du mit? Ich führe dich auf.

Kenne sie — kenne sie. Ich gehe unter der Bedingung, daß du nach drei Tagen mit mir Newyork verläßt.

Wenn ich nicht heirathe, bemerkte ich.

Verdammter Narr! rief er.

Ich muß gestehen, der Spott meines Freundes, selbst mein eigener, hatte mich ein wenig stutzig gemacht, aber nur ein wenig. Wer könnte auch in dem tollen Newyork, dem lebensfrohen, amerikanischen Paris zum Nachdenken kommen, wo es für das liebe Volk, zwar nicht wie in dem Transatlantischen, heute Wein aus Springbrünnen und Würste von den Bäumen, und den nächsten Tag Kartätschen aus Feuerschlünden regnet; wo es sich aber eben so heiter und froh lebt, nur mit dem Unterschiede, daß man hier ein bischen mehr auf seinen Beutel hält? Das ist eigentlich unser großes, politisches Arcanum, das zuverlässigste gegen alle Wein- und Kartätschenregen, die es gibt. Probatum est. Ja, es ist ein sanguinisch-durchgreifendes Völkchen das Newyorker, das lebt und leben läßt, Geld in Scheffeln gewinnt, und in Büscheln wieder verthut. Zur Besinnung läßt sich's hier nicht kommen. Selbst der kalkulirende Yankeeism von Boston und der Philadelphi-Quakerism arten hier aus, und zwischen der flachen, platten, schweigsamen Bruderstadt, wo die Nachtwächter Schaffellsohlen auf ihren Schuhen tragen müssen, um die Nachtruhe der lieben Bürger und noch liebern Bürgerinnen nicht zu stören, und dem lustigen Newyork, sollte man denken, müssen ganze Welttheile liegen. Die letzten acht Tage war es nun über die Maßen bunt hergegangen. Bachelors-Ball[19] und Präsidentenwahl und Gouverneurswahl und Sheriffswahl hatten die zwei Mal hunderttausend Seelen, aus denen die liebe hohe und niedrige Welt zusammengesetzt ist, in solche Bewegung versetzt, daß es unmöglich war, einen neuen Rock oder Inexpressibles[20] auf seinen Leib zu bekommen, so waren die ehrsamen Zünfte vom Gemeinbesten in Anspruch genommen. Mein Schuhmacher sah mich so wichtig an; ich dachte nicht anders, als er habe auch die fünf und zwanzig tausend Dollars[21] im Kopfe, und wirklich etwas hatte der Gute erjagt; er war zum Mitlenker des Staatsruders in Albany erkohren. Selbst die so schmählich hintangesetzte Kunst hatte zur Verherrlichung des politischen Drama beitragen müssen, und alle Hauptquartiere der siegenden und besiegten Parteien waren mit klafterlangen Transparenten behangen, in denen der Sieger von Neworleans mit seinen Streithengsten goliathmäßig, und hinwieder bescheiden als schlichter Cincinnatus, hinter dem Pfluge einherwandelnd, dargestellt ist, allen Adamsmännern zum Trotz, die ihrer Seits zu seinem Ruhme nicht versäumt hatten, ein Gegenstück in ächter Nürnberger Manier zu liefern, den alten Hickory mit Dolch und Pistole repräsentirend, wie er so eben ein Paar Dutzend freie Bürger

20

in die andere Welt expedirt.

[19]: Bachelors Ball, Junggesellenball. Einer der glänzendsten Bälle, die in Newyork alljährlich von den Junggesellen gegeben werden.

[20]: Inexpressibles, der amerikanische Ausdruck für Beinkleider.

[21]: Fünf und zwanzigtausend Dollars, der Gehalt des Präsidenten der vereinigten Staaten.

Ein kräftiges Hurrah für Jackson, das so eben von der Murraystraße heraufschallt, verkündet etwas Neues. Die Scene ist wahrlich neu und ganz in ihrer Art. An die vierzig Lohnkutschen kamen gegen den Park heraufgezogen, zu beiden Seiten mit der wunderlichsten Cavalcade flankirt, die je ein menschliches Auge gesehen. Wettergebräunte, rührige Männer baumeln zu zwei und drei auf einem Pferde herum und herunter. Jeder Fall der unbeholfenen Cavallerie wird mit einem Hurrah begrüßt, das die Fenster zittern macht. Alle möglichen Trachten sind an den fahr- und reitlustigen Theers zu sehen; mit Pech geschwängerte Hüte und Hütchen und Jacken und Inexpressibles. Der Eine ist mit einem neumodischen Fracke angethan, der Andere prangt in einer Redingotte, die so eben von Chatham-Place ihren Weg auf seinen Leib gefunden; ein Dritter erglänzt in seiner rothflammenden Jacke, der tollste, buntscheckigste Haufe, der je gesehen wurde. Es sind die Matrosen, die Bemannung der Fregatte Constitution, die einberufen und diesen Morgen ausbezahlt worden war, und die nun aus Leibeskräften bemüht ist, die fünf oder sechshundert Dollars so geschwind wie möglich wieder los zu werden, die jedem von ihnen während des dreijährigen Kreuzzuges auf den Hals gewachsen waren. Wer so das lustige Völkchen hinziehen sieht, im Jubel, Saus und Braus, mit vollen Flaschen, jeder eine Schöne neben sich, und brüllend, daß einem die Ohren gellen, der muß sich von unserer polizeilichen Ordnung einen saubern Begriff machen. Thut jedoch nichts. Das sind Männer, die zwar nicht den Julius Cäsar und Cornelius Nepos gelesen; die aber für ihr Vaterland so heiß glühen, als die Helden Plutarchs. Zeigt ihnen eine Fregatte Brittaniens, und sie werden darauf losstürzen und sie brechen, wie der feste, freie Mann den Uebermuth des stumpfen Herrendieners bricht. Und laßt den Sturm über sie hereintoben, und sie werden wie Felsen dastehen, im Gebrülle des Orkans, und hängen draußen am gefrornen Segeltuche, ihre Hände und Füße erstarrend am Taue; oder sie werden sinken unter den krachenden Balken und hereinstürmenden Wogen in den bodenlosen Abgrund, und ihr letzter Gedanke wird auf das Vaterland gerichtet sein. Solche Männer verdienen, daß man ihnen ihre Lust nach ihrer eigenen Weise gönne. Sie werden schon wieder nüchtern werden ohne Polizei, Gendarmes und Wachhaus. Ihr rohes Treiben ist nicht den zehnten Theil so verderblich für des Volkes Sitten, als euer raffinirte bon ton. In drei Tagen hat das Drittel dieser Vierhundert und Fünfzig keinen Cent mehr in der Tasche, in sechs das zweite Drittel, und in zehn Tagen sind sie so ziemlich alle wieder flott, und in der rothen Jacke und auf der Reise nach allen Weltgegenden; die wenigen ausgenommen, die sich einen eigenen Herd suchen, oder sich in gewissen Affairen verspätet haben. Ein Paar Mal treiben sie das Wesen mit, und dann werden sie klüger, nehmen sich Weiber und setzen sich hin, um tüchtige Hauswirthe zu werden; anfangs ein wenig quer und verschroben, wie es Seemännern zu gehen pflegt; aber allmälig lehrt sie gesunder Menschenverstand, sich in die neue Lage fügen. Es ist in diesen Männern ein fröhlich-freier, selbstständiger Sinn, ein tüchtiger und trotziger Muth, der, über die Nation zerstreut, herrlichen Samen getragen, der im letzten Kriege unser Vertrauen in uns selbst erkräftigt, und so unsern Feind bezwungen hat. Diese Männer haben den Neuseeländer und Chinesen, den Türken

22

und Brasilianer und Franzosen kennen, und auf ihn stolz herabblicken gelernt; den See-Bezwinger Aller — den Britten — haben sie bezwungen. Der brittische Matrose kehrt immer dümmer unter seine Zuchtruthe zurück, als er ausgezogen; der amerikanische immer aufgeklärter, weil Knechtschaft immer zurück, Freiheit immer vorwärts schreitet. Der Eine weiß, daß Lebensweisheit für das Ziel seiner Laufbahn — das Greenwich-Hospital — überflüssig oder gefährlich ist; der Andere muß sie sammeln für's thätige Bürgerleben, in das er ehrenvoll eintritt. Und John Bull wundert sich in seiner Dummheit, daß wir ihm mit unsern fünf Fregatten zehn genommen, und ihn in zwei Haupttreffen von unsern Seen verjagten; er, der seine armen Wichte von Matrosen mit fünfzehn Schillingen abfertigt, und wenn sie ein bischen über die Schnur hauen, auf ein Paar Monate in's Loch steckt. — Wir haben so manche Fehler, und Engel sind wir wahrhaftig nicht — aber eine Tugend haben wir, die der Sünden viele bedeckt: sie ist Achtung für Menschenwürde und Bürgerrecht, und diese hat uns vom größten Tyrannen das Größte errungen, wornach der Mensch je gestrebt hat: Freiheit in unserm Lande und auf unsern Meeren.

Es war sechs Uhr, als ich mit Richard in das Drawingroom meiner künftigen Schwiegermama eintrat. Die gute Dame hatte mich beinahe erschreckt in ihrem nagelneuen, so eben mit dem Henri IV. angekommenen grauen, Gaze-Turban, der ihr das Ansehen einer unserer Missisippi-Nachteulen gab. Auch Richard schrak sichtlich zurück, und der gute Moreland schaute so starr nach dem hehren Kopfputze hin, als wäre er ein Zifferblatt gewesen. Miß Margareth im grün seidenen Kleide, die Haare glatt zu beiden Seiten der Stirne hinabgekämmt à la Margarethe, — wir haben eine eigene Modenphraseologie — war, wie die Tochter Jephtas, blaß und resignirt; ein leichtes Zittern bebte durch die anziehende Gestalt, und in ihrer Begrüßung war süßer Schmerz und schmachtende Sehnsucht nach dem fernen Geliebten unverkennbar. Der Abstand war allerdings grell zwischen dem fünfzigjährigen Moreland, der kalt und zäh und breit und roth da saß, und dem windigen Staunton, der von Austern und Rosinen lebte, und sich höchstens in Bullwer's Novellen betrank. Ich hatte dem zarten, so eben beschriebenen Gebilde die Tales of my Grandfather[22] mitgebracht.

Walter Scott! rief sie mit lieblich verschmelzender Stimme. Ach! der gemeine Mensch weiß auch nicht ein Wort zu sagen, flüsterte sie mir nach einer Weile zu.

Warten Sie nur, tröstete ich sie; Sie wissen ja, daß derlei Affairen zuerst immer Jampartien[23] sind. — Furcht, Bescheidenheit versperren ihm den Mund.

[22]: Tales of my Grandfather, Erzählungen eines Großvaters, von Sir Walter Scott.

[23]: Jampartie, buchstäblich eine Balkenpartie. — Bekanntlich sitzen Gesellschaften im Winter in einem Halbzirkel um den Feuerplatz, dessen oberer Marmorbalken Jam genannt wird. Eine langweilige Gesellschaft, die daher den Balken ansieht, wird Jam party genannt.

Das Mädchen sah mich an. Sie war bitterböse. Kalter, herzloser Spötter, sagte sie.

Wie konnte ich anders? sie war so empfindsam-albern.

Richard hatte unterdessen mit Bowsends die Conversation begonnen. Der arme Junge, der nicht wußte, daß der Theegeber Adamsmann war, und fünftausend Dollars in Wetten und Beiträgen zur Umstimmung des souveränen Volkswillens verloren, hatte sich beeilt, ihn wissen zu lassen, daß der alte Hickory[24] nächstens die Hermitage verlassen werde.

Der blutdurstige Backwoodsman[25], halb Pferd, halb Alligator[26], unterbrach ihn Mister Bowsends.

[24]: Hickory, ein zäher Nußbaum. — General Jackson hat den Spitznamen Hickory erhalten.

[25]: Backwoodsman, Hinterwäldler, ein etwas derber Mann. Sonst wurden alle jenseits der Alleghany-Gebirge Wohnenden so genannt; gegenwärtig spottweise die Kentuckier, Alabamaer, überhaupt diejenigen, die in großer Entfernung von den Hauptstädten oder in den neuen Territorien angesiedelt sind.

[26]: Halb Pferd, halb Alligator, Spottname den Kentukiern gegeben.

Kostet Sie schwer Geld, versetzte Moreland lachend.

Und raucht aus einer Tabakspfeife, wie die vulgären Deutschen, fügte Mistreß Bowsends hinzu.

Nun das könnte ich eben nicht so vulgär nennen; der Tabak hat wirklich einen ganz andern Geschmack, sprach der unglückselige Moreland.

Ich stieß ihn mit dem Elbogen in den Rücken.

Sie rauchen aus einer Tabakspfeife, Mister Moreland? flötete Margareth.

Der Mann stutzte; die unerwartete Frage hatte ihn aus dem Concepte gebracht; sein gutes Gewissen ließ jedoch keine Prevarication zu, und er antwortete mit einem:

Es schmeckt so gut!

Ich hatte die Erschütterung der empfindsamen Seele vorhergesehen, und legte meinen Arm über die Sessellehne, eben als Arthurine eintrat. Sie blickte einen Augenblick umher; es war jedoch zu spät, sich zurückzuziehen. Sie schien es nicht zu bemerken, grüßte leicht und fröhlich die Gesellschaft, tanzte dann auf Moreland zu, bot ihm einen guten Abend, fragte ihn nach seinen Wetten, seinen Schiffen, seinem alten Tom, plauderte an die zehn Minuten in Einem Athem. Ehe sich's Moreland versah, war seine Hand in den beiden ihrigen. Freilich waren sie alte Bekannte, und er konnte füglich ihr Großvater sein.

Margareth hatte sich inmittelst von ihrem Schrecken erholt. Er raucht aus einer Pfeife, lispelte sie im dumpfen Schmerze Arthurinen zu.

Der alte Hickory ist sehr populär in Pensylvanien, fing Richard wieder an, ohne von dem Unheil, das er angerichtet, auch nur eine Ahnung zu haben. So eben hat ihm ein Farmer[27] von Bedford-County[28] ein Faß Monongehala[29] zum Geschenke gemacht.

Um das beneide ich ihn, platzte Moreland heraus. Ein Glas alter Monongehala ist nicht mit Geld zu bezahlen.

[27]: Farmer, ursprünglich Pächter; in den vereinigten Staaten heißt jeder Landwirth und Gutsbesitzer Farmer.

[28]: Bedford-County, Bedfordgrafschaft in Pensylvanien.

[29]: Monongehala, ein bedeutender Fluß, der in Virginien entspringt, und bei Pittsburg sich mit dem Alleghany vereinigt, und so den Ohio bildet. Er hat bei seiner Vereinigung beiläufig 1400 Fuß Breite, der Alleghany 1200 Fuß. An seinen Ufern wächst vorzüglicher Roggen und Weizen, aus welchem erstern der beste Kornbranntwein in den vereinigten Staaten gebrannt wird, den man daher schlechtweg Monongehala nennt.

Der Stoß war zu heftig; der zarte Nervenbau Margareths konnte ihn nicht aushalten; sie sank. Glücklicher Weise hatte ich sie erfaßt. So eben war der Thee angekommen. Mit Hülfe der Dienstmädchen und Bedienten wankte sie aus dem Zimmer.

Haben Sie ihr ein Buch gebracht? fragte Arthurine.

Ja, einen neuen Roman Walter Scott's.

Ach dann erholt sie sich schon, meinte das liebe Schwesterchen gleichmüthig.

Mit der nervenschwachen Schönheit war auch unsre Schweigsamkeit gewichen. Capitain Moreland war ein fröhlicher Theer, der zehn Reisen nach China, fünfzehn nach Constantinopel, zwanzig nach St. Petersburg und unzählige nach Liverpool gemacht, und sich ein artiges Vermögen erworben hatte, das er nach Kräften zusammenhielt, und vermehrte. Ein jovialer Lebemann mit gesundem Menschenverstande, einen Punkt ausgenommen, die Weiber nämlich, die er gerade so gut kannte, wie die Bewohner des Mondes. Die Aufmerksamkeit, mit der ihn Arthurine behandelte, die mädchenhafte Verschämtheit, der liebliche Reiz, mit dem sie sich an ihn anschmiegte, schien dem Gaumen des alten Junggesellen recht wohl zu behagen. Es lag etwas leicht Fröhliches, Spottendes und zugleich unendlich Anziehendes im Wesen des süßen, liebreizenden Mädchens; selbst der kalte Richards hing mit unverholener Bewunderung an ihr. Das ist wirklich ein bezauberndes Mädchen, wisperte er mir zu.

Habe ich dir es nicht gesagt? erwiederte ich. Sieh nur, mit welcher Zartheit sie in die Launen des Alten einzugehen weiß.

Die Stunden waren wie Minuten verflogen. Das Souper war lange abgedeckt, und wir machten Miene zum Aufbruche. Arthurine drückte mir bedeutsam die Hand, und ich war in neun und neunzig Himmeln.

Nun Freunde, sprach der ehrliche Moreland, als wir aus der Thüre waren, es wäre wirklich schade, an diesem herrlichen Abend uns so bald zu trennen. Was meint ihr, wie wäre es? ihr geht mit mir, und wir brechen noch einem halben Dutzend die Hälse.

Wohlan! Es ist ohnedem grimmig kalt, und der Sherry und Port[30] des alten Bowsends sind nicht halb so geistig...

Wie seine Mädchen, versetzte der schmunzelnde Moreland, der denn doch ein wenig zu tief in's Glas geguckt zu haben schien.

[30]: S h e r r y , P o r t, Xeres und Oporto-Weine, die nebst Madeira, Teneriffe und Lisbon beinahe ausschließlich getrunken werden.

Wir nahmen den alten Kumpan in die Mitte, und steuerten seiner Kajüte zu, wie er sein wirklich prachtvolles Haus nannte.

Nun ist das nicht eine herrliche liebe Familie, die Bowsends, eröffnete Moreland die Sitzung an der mit Lafitte und East-India Madeira besetzten Tafel. Und die Mädchen sind prachtvoll. — Ja, ja ich habe auch gedacht, — du kömmst allmälig in die Jahre; — bist aber doch noch frisch, rührig und munter, gesund wie ein Delphin — Damn! — Ich könnte noch ein halbes Dutzend Mädchen...

Begraben; setzte ich hinzu.

Ja, das könnte ich bei Jingo; hoffe aber Margareth wird Stich halten. Sie gefällt mir, und so habe ich denn...

Ja, aber lieber Moreland, ob Sie auch ihr gefallen?

Pah! fünf Mal hunderttausend Dollars. Hör' einmal, Junge, das findet sich nicht alle Tage.

Fünfzig Jahre — setzte ich hinzu.

Ja freilich, aber gesund und rüstig, keiner euerer Spindeljungen, kein Staunton...

Ja, der raucht aber Cigarren, und nicht aus deutschen

Pfeifen.

Das lasse ich wohl bleiben; werde mir da wegen der Miß das Maul und die Nase mit den verdammten Stümpchen verbrennen!

Auch trinkt er nicht Whisky. Er ist Präsident einer Temperanz-Gesellschaft!

Hol' ihn der Henker! brummte Moreland. Den Whisky wollte ich um aller Mädchen willen nicht lassen.

Dann werden sie in Ohnmacht fallen, lachte ich.

Und Margareth! fuhr er heraus. Ah! dem Monongehala galten also die Achs und Ohs, und das Sinken und Verschwinden? Ist es um diese Zeit! Nein, meine Miß, da wird nichts daraus. Darauf können Sie sich gefaßt machen; und zur Bekräftigung leerte er sein Glas, und wir die unsrigen. Wir lachten und jubelten bis nach Mitternacht, und ich hatte mir viel auf meine diplomatische Geschicklichkeit eingebildet. Als wir nach Hause gingen, meinte Richard, daß ich dem alten Junggesellen etwas hart zugesetzt hätte. Habe ich doch die arme Margareth von dem lästigen Menschen befreit, war meine Antwort. Der kalte Richard jedoch schüttelte den Kopf. »Was daraus werden wird, weiß ich nicht,« versetzte er; »doch darfst du für deine unberufene Mediation eben keine sehr glänzende Erkenntlichkeit erwarten.«

Der nächste Morgen verging in Geschäften, deren Besorgung Richards Ankunft nöthig gemacht hatte. Zehn Mal wollte ich Arthurine sehen; aber immer war ich durch etwas, das dazwischen kam, abgehalten worden. Es war nach der Theezeit, als ich in's Haus trat. Im Drawing-room saß Margareth, eine frische Novelle verdauend. Wo ist Arthurine? fragte ich.

Im Theater mit Mama und Mister Moreland, war die Antwort.

»Im Theater mit Mama und Mister Moreland«! Man gab Tom und Jerry[31], ein horribles Lieblingsstück der aufgeklärten Kentukier. Ich hatte die erste Scene in Caldwells Theater zu New-Orleans gesehen, und daran genug gehabt.

[31]: Tom und Jerry, Burlesque oder Posse.

Fürwahr! das heißt sich aufopfern, sprach ich ärgerlich.

Die Edle! versetzte Margareth. Mister Moreland kam zum Thee, und drückte ein so lebhaftes Verlangen aus...

Daß sie nicht umhin konnte, mit ihm zu gehen, und ein Paar Stunden sich zu ärgern und zu gähnen.

Ihrem süßen Zauberreize wird es vielleicht gelingen, Mister Moreland beizubringen — lispelte sie.

Ja, das ist's, dachte ich. Eine Anwandelung von Eifersucht wäre lächerlich gewesen. Er fünfzig Jahre, sie siebzehn. Ich empfahl mich, und eilte zu Richard.

So zeitlich? frug er lachend.

Sie ist mit Moreland und Mama im Theater.

Richard schüttelte den Kopf. — Du hast dem Alten gestern ein Wespennest in den Kopf gesetzt. — Sieh' zu!

Ich möchte gerne sehen, wie sie sich an seiner Seite ausnimmt, sprach ich.

Wohl! ich begleite dich. Je eher du geheilt bist, desto besser. Aber nicht länger als zehn Minuten.

Wer hätte es auch länger aushalten können in diesen Whiskydünsten und Tabaksqualm! Es war im Bowery-

Theater. Die Lichter schwammen, als ob sie im Nebel hingen, und von der Gallerie regnete es Orange- und Aepfelschalen auf uns herab, andere Dinge zu verschweigen. Der liebe Tom war so eben in seiner Forcepartie begriffen. Ich blickte auf, da saß die liebreizende Arthurine, so gemüthlich mit dem alten Moreland plappernd, daß mir Hören und Sehen verging. Eine dreißigjährige Ehefrau hätte nicht anständiger ihren Platz einnehmen können.

Das ist ein gescheidtes Mädchen, versicherte Richard, die sieht auf die Dollars, und würde den alten Hickory nehmen, wenn er Lust und mehr Geld hätte, trotz Tabakspfeife und Whisky.

Ich erwiederte kein Wort.

Wenn du kein solcher Hasenfuß wärest, meinte Richard, so würde ich sagen: Lasse sie fahren, und übermorgen gehen wir ab.

Noch acht Tage, versetzte ich mit schwerem Herzen.

Wieder betrat ich am folgenden Abend, Schlag sieben Uhr, mein Elysium, das mir allmälig zum Tartarus wurde. Wieder saß Margareth einsam über einem Roman.

Und Arthurine? fragte ich mit zitternder Stimme.

Ist mit Mama und Mister Moreland gegangen, Miß Fanny Wright zu hören.

Miß Fanny Wright zu hören, die Atheistin, die Revolutionistin? Das war doch wirklich toll. Wer hätte so etwas auch nur träumen sollen? Diese Miß Fanny Wright war gescheut von unsrer fashionablen Welt, wie eine Pestkranke.

Mister Moreland, lispelte Margareth, sprach mit so vielem Lobe von ihrem entzückenden Vortrage, daß Arthurines

Neugierde geweckt wurde.

Ja, ja; versetzte ich.

O, Sie kennen nicht das edle Mädchen. Für ihre Schwester würde sie das Leben aufopfern. Sie ist meine einzige Hoffnung.

Schön, schön! sprach ich, indem ich meinen Hut zerkneipte, und mich nach der Thüre umsah.

Endlich am folgenden Morgen ließ es mich nicht mehr ruhen, und kaum hatte die Glocke eilf geschlagen, so stand ich vor der Thüre. Beide waren denn doch ein Mal zu Hause. Arthurine schwebte mir mit holdem Lächeln entgegen. Auf ihrem Antlitz saß ein gewisses Etwas, das mich stutzen machte. Ich drückte ihr die Hand; sie sah mich zärtlich an.

Es scheint, Sie haben sich gut unterhalten, begann ich nach einer Pause.

Das Neue hat Reiz für mich. Ich hätte wahrhaftig nicht geglaubt, daß ich noch eine Schülerinn der Miß Fanny Wright werden würde, sprach sie lachend.

Wenigstens kein großer Sprung von Tom und Jerry, sprach ich.

Respect vor Tom und Jerry, die wir patronisiren, Mister Moreland nämlich und meine Wenigkeit, lachte sie.

Wahrlich diese Verschwörung gegen guten Geschmack hätte ich meiner Arthurine nicht zugetraut, erwiederte ich ziemlich ernst.

Meiner Arthurine! meiner Arthurine! schmollte sie. Sieh da, welche Rechte sich der Herr anmaßt. — Wir leben in einem freien Lande.

Es war Scherz und Ernst in dem lieblichen Gesichte. Ich sah sie forschend an.

Wissen Sie, schäckerte sie, daß ich Moreland ganz lieb gewonnen habe. — Er ist ein so gemüthlicher, reeller Charakter, und hat gar nichts von dem Ungestümen.

Und fünf Mal hunderttausend Dollars, fügte ich hinzu.

Eben das ist seine schönste Seite. — Denken Sie nur an die Bälle, lieber Howard. Sie werden doch hoffentlich auch kommen. — Und dann Saratoga; nächstes Jahr vielleicht London oder Paris. — O, es wird prächtig sein!

Schon so weit gediehen? fragte ich mit bitterm Spotte.

Und Sissi ist erlöset. Nicht wahr Margareth? Und sie flog an den Hals der Schwester, und die beiden Mädchen herzten und küßten sich. Ich wußte nicht, sollte ich lachen, oder weinen.

Dann muß ich gratuliren, sprach ich mit einem Lachen, das mich ziemlich albern kleiden mußte.

Gratuliren Sie! sprach Arthurine, gegen mich zutanzend. — Heute um zehn Uhr hat Mister Moreland seine Bewerbung von Margareth auf mich feierlichst übergetragen.

Und Sie?

Wir haben natürlich, in Anbetracht seiner vielen Liebenswürdigkeiten, beschlossen, den Antrag für einstweilen ad protocollum zu nehmen. Sie wissen, decorum gebietet, daß man sich wenigstens ein Paar Tage ziere.

Sind Sie in Scherz oder Ernst, liebe Arthurine?

Ganz im Ernste, lieber Howard!

So leben Sie wohl.

Farewell for ever if for ever fare thee well! lachte und seufzte sie. Auf der Stiege begegnete mir die geturbante Ma. Sie zog mich geheimnißvoll in's Parlour.

Sie haben Arthurine gesehen? Nicht wahr ein liebes, treffliches Kind? O, das Mädchen ist unsre Freude, unser Trost. Mister Moreland! der scharmante Mister Moreland! — Nun da es sich so gut gefügt hat, wollen wir auch mit Margareth ein Auge zudrücken.

Es ist also wahr!

Nun, als Hausfreund kann ich's Ihnen schon zuflüstern; aber die Welt, natürlich, vor der muß es noch ein Geheimniß bleiben. Mister Moreland hat um sie förmlich angehalten.

Um wen?

Je nun, um Arthurine.

Schön! Schön! erwiederte ich, mich zur Thüre hinausdrängend, und die Gasse hinaufrennend, als wäre ich dem Tollhause entsprungen.

Richard, rief ich meinem Freunde zu, wollen wir abreisen?

Gott sei Dank! so ist's denn vorüber das Newyorker Fieber. Nun gehst du auf ein Paar Monate mit mir nach Virginien.

Ja, versetzte ich.

Als wir am folgenden Morgen dem Dampfschiffe zufuhren, kam Staunton hervorgerannt. Wünsche mir Glück, ich habe nun das Jawort!

Und ich den Korb! versetzte ich lachend. — Werde kein Narr sein, und mir den Hals eines Mädchens wegen abreißen. Aber, trotz meiner spaßhaften Worte, hätte mir das Herz im Leibe zerspringen mögen. Ich hatte sie so lieb, die kleine Hexe.

Eine Nacht

an den

Ufern des Tennessee.

»Könnt Ihr uns wohl sagen, ob wir noch weit von Browns-Fähre sind?« fragte ich einen Mann zu Pferde, der gemächlich in einem engen Karrenpfade auf uns zugetrabt kam.

Es war an den Ufern des Tennessee[32]; die Nacht rückte bereits heran; die Nebel hingen über Wald und Fluß, und verdichteten sich zusehends. Die ganze Landschaft hatte ein verwildertes, chaotisches Aussehen. Es war unmöglich, fünf Schritte weit zu sehen.

[32]: Tennessee, der Hauptfluß des Staates Tennessee, ergießt sich beiläufig dreißig Meilen oberhalb des Ohio in den Missisippi.

Beinahe so lange, wie diese Digression, war die Pause des Reiters. Endlich erwiederte er in einem Tone, der, seiner sonderbaren Modulation nach zu schließen, von einem Kopfschütteln begleitet sein mußte:

Der Weg nach Browns-Fähre? — Vielleicht meint ihr Coxesfähre?

Nun denn, Coxes-Fähre! erwiederte ich ein wenig ungeduldig.

Ja, der alte Brown ist todt, sprach der Mann, und Betsi hat den jungen Coxe geheirathet, einen verdammt wackern Jungen. Nun, ist er's nicht?

Das wissen wir nicht, erwiederte ich; aber was wir gerne wissen möchten, ist, ob wir noch weit von seiner Fähre, und auf dem rechten Wege sind.

Ah! der Weg zu seiner Fähre — da liegt eben der Haken, Mann; ihr seid gute fünf Meilen davon entfernt, und mögt eben sowohl den Ohren euers Gaules eine andere Richtung geben. Ich vermuthe, ihr seid fremd in dieser Gegend?

Alle Teufel, wisperte mein Freund Richard. Gott gnade uns! wir sind in den Händen eines Yankee. — Er vermuthet bereits.[33]

[33]: Vermuthet bereits, guesses already. — Die schnellste Weise, auf welche sich der amerikanische Bürger der verschiedenen Staaten zu erkennen gibt, ist durch den Begriff, ich denke, ich vermuthe. Der Neuengländer vermuthet, guesses; der Virginier und Pensylvanier thinks, denkt; der Kentukier kalkulirt, calculates; der Alabamer rechnet, berechnet, reckons.

Der Reiter hatte sich mittlerweile näher an uns herangemacht, trotz Dornen und nassen Zweigen, die ihm von allen Seiten in's Gesicht schlugen. Er stand nun neben unserm Pferde. Er war, so weit wir ihn in der Dunkelheit beurtheilen konnten, noch ziemlich jung, hager, lang und dünnbeinig, mit einem wahren Leichnamsgesichte auf seinem langen Rumpfe und metallenen Knöpfen auf seinem Rocke.

Und so habt ihr euch denn auf eurem Wege verirrt? sprach der Mann nach einer langen Pause, während welcher der dichte Nebel sich ganz gemächlich in einen eben so dichten Regen verwandelt hatte. Eine sonderbare Verirrung, wo die Fähre nicht fünfzehn Schritte vom Wege abliegt, der breit und ebenen Pfades hinab zum Flusse führt. Ein sonderbarer Irrthum wahrhaftig, aufwärts den Fluß, statt der Nase und dem Wasserlaufe nach zu gehen!

Was meint ihr damit? fragten wir beide zugleich.

Daß ihr den Tennessee auf- statt abwärts, und auf dem Wege nach Bainbridge[34] seid, erwiederte der presumptive Yankee.

[34]: Bainbridge, ein Städtchen unfern des Tennesseeflusses.

Auf dem Wege nach Bainbridge! riefen wir beide mit einer Stimme, in welcher Staunen und Verblüfftheit sich so deutlich aussprachen, daß unser Yankee fragte:

Und ihr hattet nicht im Sinne, nach Bainbridge zu gehen?

Wie weit ist das verfluchte Nest von hier? fragte ich.

Je, wie weit, wie weit? erwiederte der metallbeknöpfte Mann. Es ist nicht sehr weit, doch auch nicht so ganz nahe, als ihr vermuthen möchtet. Vielleicht kennt ihr den Squire Dimple?

Ich wollte, euer Squire Dimple wäre beim —, brummte ich, während mein gelassener Reisegefährte mit einem: Nein, wir kennen ihn nicht, antwortete.

Und wohin mag wohl eure Reise gehen? fing nun unser Peiniger an, der wasserdicht zu sein schien.

Nach Florence[35], war die Antwort, und von da den Missisippi hinab.

Ja, eine hübsche Stadt, wie man sie nur im Lande finden kann. Nun, ist sie's nicht? fragte der Yankee ganz naiv. Und ein guter Markt. Was ist der Mehlpreis im Norden? Ihr kommt doch daher? man sagt, er sei sechs und vier Levies[36], und Wälschkorn fünf und einen Fip[37], Butter drei Fips.

[35]: F l o r e n c e, die Hauptstadt von Alabama.

[36]: L e v i e s, [37]: F i p s, so werden abgekürzt in den westlichen Staaten die 12½ und 6¼ Centstücke genannt. Ein Cent ist der hundertste Theil von einem Do llar.

Seid ihr toll? platzte ich halb wüthend vor Aerger heraus, indem ich unwillkürlich die Peitsche hob, uns da mit eurem Mehl und Butter und Fips und Levies zu unterhalten, während der Regen in Strömen fällt!

Ei, war die Antwort des Mannes, der sich nun erst recht bequem in seinem Sattel postirte: Wenn ihr Lust habt, Fäuste oder die Stiele unserer Peitschen zu messen, so kommt! Wollte den Mann sehen, der Isaak Shifty ledern könnte.

Den Weg, den Weg, Mister Isaak Shifty! unterbrach ihn Freund Richards besänftigend.

Wieder eine lange Pause, — endlich fragte er: Ich vermuthe, ihr seid Krämer?

Nein, Mann.

Und was dürftet ihr wohl sein?

Die Antwort hatte eine neue Examination zur Folge. Seine Augen hingen ein paar Minuten musternd auf uns; endlich fragte er: Und so habt ihr denn im Sinne, den Missisippi hinabzugehen?

Ja, im Jackson, der, wie wir so eben gehört, morgen abgeht.

Ein tüchtiges Dampfboot, das muß wahr sein. Nun, ist es nicht? Aber ihr werdet doch dieß Ding da mit eurem Gaul nicht mit hinab nehmen? fuhr unser Yankee bedächtig fort, unsere Gig und Bespannung musternd.

Ja, das haben wir im Sinne.

Apropos, habt ihr nicht zwei Frauen in einem Dearborn gesehen?

Nein, das haben wir nicht.

Wohl denn, fuhr er in demselben gleichmüthigen Tone fort, es ist nun zu spät, nach Bainbridge umzukehren, und vielleicht dürfte es auch gewagt sein. So wendet denn euern Gaul, und folgt dem Wege, bis ihr zu einem dicken Wallnußbaum kommt; da theilt er sich. Nehmet den rechter Hand für eine halbe Meile, bis ihr zu Dims Zaun kommt, da müßt ihr durch die Gasse, dann rechts durch das Zuckerfeld ein vierzig Ruthen; schlagt dann in den Weg linker Hand ein, bis ihr zum Genickbruchfelsen kommt; dort wendet euch ja wieder rechts, wenn ihr nicht den Hals brechen wollt, wenn ihr überm Bache seid, links, und das wird euch geraden Weges nach Coxes-Fähre bringen. Ihr könnt nicht fehlen, schloß er im zuversichtlichen Tone, seinem Gaule einen Hieb versetzend, der ihn in Trab und uns aus den Augen brachte, so schnell es Koth und Gestrippe zuließen.

Wahrlich, ich mußte während dieser nimmer endenden Directionen dem französischen Rekruten ähnlich gesehen haben, der zum ersten Male in seinem Leben von seinem Exerciermeister der Ehre gewürdigt wird, die Relation von den meilenlangen Schlangen und Crocodillen zu hören, die der graubärtige Kaisergardist in Egypten gesehen, wie sie den Regimentstambour mit Bärenmütze, Backenbart und Commandostab sammt und sonders verschlungen. Ich war so verblüfft über die Rechts und Links, daß ich ganz vergessen hatte, dem metallknöpfernen Manne zu bedeuten, daß es uns schlechtweg unmöglich sei, selbst den großen Wallnußbaum in der Finsterniß auszunehmen, geschweige denn die Karrengeleise oder den Genickbruchfelsen.

Mein Blut ist eben nicht das kühlste, und Geduld ist gerade meine hervorragendste Tugend nicht; aber des

Mannes unerschütterliches Phlegma inmitten der Ströme, die es goß, wirkte so erschütternd auf mein Zwerchfell, daß ich in ein lautes Gelächter ausbrach. Kehret euch rechts, dann links! Habt Acht auf den großen Wallnußbaum, doch bewahrt euch vor dem großen Genickbruchfelsen! rief ich in lustiger Verzweiflung.

Ich wollte, der Yankee wäre beim T—l! sprach Richards. Doch ich sehe wirklich nicht ein, was da zu lachen ist.

Und ich nicht, wie du so ernsthaft sein kannst.

Aber wie bei allen T—ln, wie konnten wir nur die Fähre verfehlen, und, was das Schlimmste ist, denselben Weg zurückgehen, den wir kamen?

Je nun, erwiederte ich, diese höllischen Nebenwege und Viehpfade und Karrenpfade und Scheidewege und der Sumpf: es ist ja schlechterdings unmöglich zu sehen, in welcher Richtung der Fluß läuft, und dann schließt du, wie du weißt, und ich hatte auf Cäsar zu sehen.

Und ganz einzig hast du auf ihn gesehen, versetzte Richards ärgerlich. Denselben Weg zurückzugehen, den wir gekommen sind; nein, es ist zu toll —

Zu schlafen — brummte ich.

Beinahe hätte es verdrießliche Gesichter gegeben; doch da wir uns kannten und herzlich liebten, hatten alle weitern Discussionen und Allusionen ein Ende. Die Wahrheit zu gestehen, war unsere Verirrung eben kein so großes Wunder. Es war in den letzten Tagen Mai's, als wir an den Ufern des Tennessee anlangten. Die Gegend rings umher ist zum Verirren wie eingerichtet. Der Weg schlängelt sich am hügeligen Felsenufer fort; jedoch kein Berg ist zu sehen, außer einem leichten Umriß der Appalachen[38], die aus der blauen Ferne herüberwinken, und des Grange, der riesenartig recht als Wächter hinpostirt erscheint. Der dichte Nebel hatte uns diese Leitsterne entzogen, gerade als wir ihrer am meisten bedurften. Wir befanden uns in einer langen Flußniederung, einem ungeheuren Bottom[39], um in der Landessprache zu reden, das als Zuckerfeld benutzt wurde, und gerade so viele Karrenpfade zählte, als es Eigenthümer hatte. Der Morgen war ungemein heiter gewesen, doch Nachmittags hatten sich die südlichen und südwestlichen Ränder des Horizonts mit grauen Dunstwolken überzogen, die sich allmälig verdichteten und über das Flußbette des Tennessee hinlagerten. Den grauen meilenbreiten Streifen über dem Tennessee auf der einen Seite, einen mit hundert Seitenwegen durchschnittenen Sumpf auf der andern, konnten wir noch eine Meile vorwärts gehen, bis der Nebel, der sich vom Flusse allmälig über die Niederung hinzog, statt uns über die Muscleshoals[40] hinabzubringen, in den Sumpf brachte. So sicher war ich, daß wir uns in ihrer Nähe befanden, daß ich jeden Augenblick auf die Fähre zu stoßen vermeinte, bis der unglückselige Yankee meinen Hoffnungen ein Ende machte.

[38]: Appalachen, die Alleghanygebirge werden im Süden so genannt.

[39]: Bottom, Flußanschwemmung, jede fette Niederung oder Thalweite.

[40]: Muscle shoals, Muschelbänke. Breiter Felsenriff oberhalb Florence, der sich in meilenweiter Breite und Länge über den ganzen Fluß hinzieht.

Die Nacht war mittlerweile hereingebrochen; eine Nacht, so stockfinster, so heillos, wie sie in dieser Jahreszeit häufig über diese südwestlichen Hinterwaldssünder zur verdienten Strafe ihrer Missethaten kömmt. Ich wollte eben so gern auf den Newfoundlandsbänken als in diesem Sumpfe gewesen sein, der recht dazu gemacht war, uns mit dem Fieber zu beschenken. Die breitschweifigen Direktionen des Yankee waren, wie es sich von selbst versteht, lange vergessen. Es würde Eulenaugen erfordert haben, auch nur einen Baum zu unterscheiden; ja das Gelächter dieser lieblichen Thiere, der Nachtigallen dieser Gegend, und der Umstand, daß ein paar wüthend auf uns angeflogen kamen, überzeugte uns, daß sie ihren Weg eben so verfehlt hatten wie wir. Wir waren jedoch auf alle Fälle übler daran, und zwar in vieler Hinsicht. Der Karrenpfad schlängelte sich längs dem Wasser, und häufig so nahe an diesem hin, daß ein Fehltritt uns ganz gemächlich in die Tiefe hinabstürzen konnte, was bei dem augenscheinlichen Steigen der Gewässer uns eine gerade nicht sehr angenehme Aussicht auf ein ziemlich wäßriges Nachtlager vor Augen hielt.

Ich glaube es ist am besten, wir steigen aus, hob ich an, oder wir mögen unser Nacht- und vielleicht Sterbelager im Tennessee finden.

Keine Gefahr! erwiederte Richards; er ist ein alter Virginier (hiermit war unser Gaul gemeint). Ein Stoß jedoch, der unsere Rippen und Beine krachen machte, und uns bei einem Haare rücklings aus der Gig geworfen hätte, machte dem lakonischen Lobe Cäsars, der sich auf die Hinterfüße geworfen hatte, ein Ende.

Etwas muß im Wege sein! rief hier Richards; nun ist es Zeit uns umzusehen.

Wir thaten so, stiegen aus der Gig, und fanden einen gewaltigen Wallnußbaum über unserm Wege liegend. Unsere Reise hatte ihr Ende erreicht. Den ungeheuern Stamm zu passiren, oder die Gig darüber zu bringen, war eine absolute Unmöglichkeit; die Aeste, die zwanzig Schritte in jeder Richtung vorragten, hatten unserm Cäsar eine ziemlich ernstliche Warnung ertheilt. Das Wagengeleise war zudem so enge, daß an ein Umwenden der Gig gar nicht zu denken war. Wir mußten wie die Krebse zurück. Richards versuchte es, den Scheideweg zu finden, und ich, die Gig zurückzuschieben.

Wir hatten uns jedoch mehr vorgenommen, als wir leisten konnten. Kaum war ich mit dem rechten Fuße aus dem Geleise, als mein Mantel bereits an einem ellenlangen Dorne hing. Mit heiler Haut durch diese undurchdringliche Wildniß zu kommen, war bloß für einen Geharnischten möglich. Ich entledigte meinen Mantel seiner Haft, und tappte mich schleunig wieder zum Wagentritt. Freund Richards kam nach einer Weile mit den Worten:

Das ist die schändlichste Wildniß im ganzen Westen; kein Weg, kein Steg, Sumpf über die Ohren, und um mein Mißgeschick voll zu machen, so habe ich meinen Monroestiefel[41] im Schlamm verloren.

[41]: Monroestiefel, Halbstiefel; vom Präsidenten Monroe so genannt.

Und ich denke, in meinem Mantel giebt es so viele Löcher, als Dornen an diesem verwünschten Akazienbaume,

44

erwiederte ich trostweise. Dies waren die letzten Worte, die noch halb und halb gute Laune athmeten; denn nun waren wir bis zur Haut durchnäßt, und ich glaube wirklich, daß unter allen möglichen Situationen eine nasse die zum Scherzen am wenigsten geeignete ist. Den Beweis liefern beide, die Franzosen und ihre Antipoden, die Holländer. Die erstern nämlich werden nur immer in heißen Juni- oder Julitagen rappelköpfisch, und die letztern sind bekanntermaßen nichts weniger als scherzhafte oder gutgelaunte Leute, ein Mangel oder, wie man es nehmen will, eine Tugend, die ohne Zweifel ihrem Vegetiren zwischen Dämmen und Morästen und Kanälen zuzuschreiben ist. Was nun mich betrifft, so liebe ich ein mäßiges Abenteuer, vorausgesetzt es komme nicht gar zu hoch, und verabscheue eine monotone langweilige Quäkerreise, wo Alles zahm und kalt und scheu und verschlagen sich hinzieht, wie diese guten Leute selbst; aber in einem Ahornsumpfe von Nacht und Fluthen überfallen zu werden, und auf der einen Seite nicht drei Schritte den bis zum Rande angeschwellten Tennessee, auf der andern undurchdringliche Wildniß, vorne einen Coloß von Wallnußbaum zu haben und nicht rückwärts zu können — wahrlich! mit all meiner Achtung vor Abenteuern, es war kein Scherz.

Wohl, was ist nun zu thun? fragte Richards, der sich in eine echt theatralische Stellung versetzt hatte, den stiefellosen Fuß auf den Wagentritt stämmend, während der andere im Kothe stak.

Wir spannen Cäsar aus und ziehen die Gig zurück, versetzte ich mit meiner gewöhnlichen Kürze.

Wollte der Himmel, unsere Aufgabe wäre eben so kurz gewesen; aber Wünsche gehen selten oder nie in Erfüllung. Wir machten uns jedoch daran, und schoben und hoben und trugen mit unsäglicher Mühe unsern Wagen beiläufig zwanzig Schritte zurück, wo sich ein offenes Plätzchen zeigte. Freund Richards erfreut sich sehr gesunder Lungenflügel, und auch die meinigen sind nicht die schwächsten. Hatten wir es nun diesen zuzuschreiben oder unserm günstigen Gestirne, kurz, unsere Conversation mit Cäsar wurde plötzlich durch ein lautes Hallo unterbrochen, das dicht vor uns erschallte.

Leser! hast du je einer hitzig bestrittenen Wahl beigewohnt, und deine zehn oder hundert Dollars patriotisch auf deinen Schützling gesetzt, und hast du nun plötzlich und auf einmal im Schweiße deines Angesichtes, wo dir bereits alle fünf Sinne im Branntwein und Tabaksdampfe vergingen, den Ausspruch gehört, der dir zu deinen hundert Dollars mit hundert Prozent verhilft; hast du dieses je erfahren, dann, und nur dann, kannst du dir eine Idee von der freudigen Rührung machen, die unsre kalten Busen plötzlich erwärmte. Das Hallo war so echt yankeeisch wiedergegeben, daß die Nebel brachen, und die ganze rothe Generation, die in diesem Sumpfe schlummerte, erwachen konnte.

Und nun, Geduld um's Himmelswillen! sprach Richards, und halte wenigstens eine Viertelstunde das Maul, sonst verdirbst du alles wieder mit diesem heillosen Yankee.

Besorge nichts, erwiederte ich, dessen heißes Blut bereits ziemlich durch das Schauerbad abgekühlt war, nicht zu gedenken der Aussicht, die ganze Nacht in diesem jammervollen Loche zuzubringen. Gerne würde ich dem zähen Tagdiebe Auskunft über alle Butter- und Kartoffeln- und Mehlpreise in diesen unsern Staaten gegeben haben, mit der einzigen Bedingung, daß er uns so bald als gefällig aus diesem Fieberpfuhle erlöse.

Er war es wie er leibt' und lebte. Er hatte in wahrer

Conecticutmanier bereits ein paar Minuten vor uns angehalten, ohne eine Sylbe von sich zu geben. Beinahe schien es, als ob er sich an unserer Verlegenheit weide, und gerade nicht in größerer Eile sei, uns aus unserem Drangsale zu erlösen. Was uns betrifft, so hatten wir alle Ursache auf unserer Hut zu sein. Die sauertöpfische Vogelscheuche schien eben nicht Spaß zu verstehen. Freund Richards brach endlich das Stillschweigen mit den Worten: Schlimmes Wetter!

Das könnte ich eben nicht sagen, erwiederte der Yankee.

Ihr habt nicht den zwei Frauen begegnet, denen ihr entgegen geritten?

Nein, ich vermuthe, sie werden in Florenz bei Cousine Kate bleiben.

Ihr habt nicht im Sinne, dahin zu gehen? fragte wieder Richards.

Nein, ich will heim. Doch, ich dachte, ihr wäret bei dieser Zeit an der Fähre.

Das wären wir vielleicht auch, wenn eure Wege besser, und statt Wallnußbäumen Steine in den Löchern wären, versetzte Richards lachend.

So habt ihr also heute nicht Lust zur Fähre?

Wir haben wohl das Wollen, aber das Vollbringen, Freund, ihr wißt, das ist die Hauptsache.

Ja, so ist es, sprach der Mann mit einer wahren Schulmeistermiene. Nun, wenn ihr zurück nach Bainbridge wollt, so könnt ihr mit mir; am besten wäre es, ihr überließet mir die Zügel, und meine Mähre mag hinten nachlaufen.

Es dauerte wohl noch gute fünf Minuten, ehe der unausstehlich langsam pedantische Geselle mit seinen Vorbereitungen zu Ende war. Endlich zu unserer großen Freude saßen wir zu Dreien in der Gig.

So waren wir denn nach fünfzig Hin- und Herfragen, die einem Londoner Protokollisten Ehre gemacht haben würden, in eine Art von Allianz mit Mister Isaak Shifty getreten, und waren glücklich auf dem Wege nach einer der hundert famösen Städte Alabamas, die sammt und sonders nicht ihres Gleichen in den Vereinten Staaten hatten.

Ich weiß nicht wie es kommt, daß ich mich stets in meinen Erwartungen getäuscht finde. Ich hatte gehofft, die Entfernung zwischen dem verwünschten Ahornsumpfe und unserm zu erreichenden Zufluchtsorte würde in einem billigen Verhältnisse zur Annehmlichkeit unsers Lotsen, das heißt nicht sehr groß sein. Sie schien mir jedoch ungeheuer, und Horaz's Ungeduld während seines famösen Spazierganges war ein Kinderspiel gegen die meinige. Unser Yankee hatte überflüssige Muße, gleich dem römischen Schwätzer, wenigstens ein Dutzend verschiedene Subjekte und Objekte zu berühren. Das erste, an dem er sich versuchte, war natürlicher Weise seine eigene werthe Person. Aus der hingeworfenen biographischen Notiz war zu ersehen, daß er von Conecticut, und zwar von einem gar nicht unebenen Stamme, entsprossen, daß seine ursprüngliche Laufbahn die eines Schullehrers gewesen, daß er jedoch diese Carriere mit einer weniger ehrenvollen, nämlich der eines Hausirers, vertauscht, von diesem zum Krämer und Ladenbesitzer avancirt, und nun ein gemachter, ja ganz respectabler Mann geworden, wie er modest uns beizubringen nicht unterließ. Zunächst kamen die Kaufmannsgüter, die er bereits in seinem Laden gehabt und noch hatte, mit mehreren Seitenhieben auf einen Mister Bursecut, der sich zu seinem Rival aufzuwerfen nicht entblödet, und den der Himmel selbst für seine Vermessenheit durch den Untergang von einem Dutzend Messern und Gabeln und Schuhen auf den Muscleshoals zu bestrafen nicht versäumt. Dies gab sofort wieder Veranlassung von den tausend und einem Mißgeschicken zu reden, die sich auf diesen weit und breit berühmten Muschelbänken ereignen, und von diesen mußte er natürlich auf die verschiedenen Transportgelegenheiten kommen, deren sich Alabamas erleuchtete Bewohner zu bedienen für gut erachten, als da sind: Dampfschiffe und Kielböte und Barken und Flatboats oder Flachböte, oder Breithörner, oder Archen, wie sie auch genannt werden; diesen rückten die bedeckten Schlitten, die Fähren, die gewöhnlichen Böte, die Dugouts, und schließlich die Canoes nach. Unser Yankee überging nun in den Canalisationsplan, mittelst welchem die Gewässer des Tennessee mit, der Himmel weiß welchem Meere verbunden werden sollten. Es war ein monströser Plan; so viel erinnere ich mich noch; ob aber die Vereinigung bloß mit Raritan-Bay[42] oder weiter herum mit dem Connecticutflusse[43] statt haben sollte, ist mir rein entfallen. Endlich kamen wir, zu unserer unaussprechlichen Freude, auf die Historie von Bainbridge; ein sicheres Zeichen, bildete ich mir ein, daß wir uns dem Ziele unserer Reise näherten; doch selbst dieser Freudenstrahl, so gemäßigt er war, sollte, gleich dem langersehnten Leuchtthurme, noch eine gute Weile unsere Geduld in Anspruch nehmen, bevor wir in den erwünschten Hafen einlaufen konnten. Wir hatten zuvor noch die ganze Topographie dieses berühmten Platzes zu hören, wie er in rechten Winkeln ausgelegt, und wie blühend und gewerbsam er sei, und ob wir nicht Lust hätten uns niederzulassen; er, nämlich Mister Shifty, habe ein Dutzend ganz herrliche Baustellen, und wie die Stadt bereits drei Wirthshäuser enthalte, just die gehörige Proportion zu den zehn Häusern oder Nestern, die

Bainbridge bildeten; zwei dieser Wirthshäuser oder Schenken wären jedoch vollgepfropft mit Männern; es sei ein Canvaß[44] zur Wahl von Florenz, und die dritte sei nicht viel von einer Schenke und gerade nicht die wohnlichste.

So lautete der Bericht des Mister Isaak Shifty, als das Wort Canvaß, electioneering[44], demselben plötzlich ein Ende machte.

> [42]: Raritan-Bay, die Meeresbucht, die sich gegenüber Newyork gegen Newjersey hin zieht, und beide Staaten von einander trennt.

> [43]: Connecticut, der Hauptfluß des Staates Connecticut, der an Newyork gränzt. Die Entfernung vom Staate Tennessee beträgt wenigstens sechshundert Meilen in gerader Linie.

> [44]: Canvaß, electioneering. Jeder Wahl geht bekanntlich eine Bewerbung, Candidatur, Canvaß, electioneering voraus. Zuweilen ist diese Candidatur ein wenig stürmisch.

Eine Wahlvorbereitung! stammelte Richards.

Eine Wahl — stotterte ich. Wahrlich, das Wort erstarb mir auf der Zunge bei dieser furchtbaren Nachricht. Eine Wahl in Alabama, das selbst im alten Kentuck mit dem Ehrennamen Hinterwälder bezeichnet ist. — Lebt wohl, Abendessen und Schlaf, und Bette und Stube und frische Wäsche, nach einer so horriblen Tour.

Wir hatten nicht Zeit eine Sylbe mehr zu sagen, denn unser Cäsar, der sich seit geraumer Zeit durch ein Schlamm-Meer hindurchgearbeitet, stand plötzlich still. Ein matt erzitterndes, in einer Atmosphäre von Tabaksrauch schmachtendes Talglicht, und das Gebrülle von zwanzig Kehlen bezeichnete uns den Hafen. Ein Sprung brachte uns auf etwas festern Grund. Während Richards Cäsar an den Pfosten band, schritt ich der Thüre zu, als ich beim Zipfel meines Mantels gefaßt wurde.

»Hier nicht, hier nicht! dieß ist das Haus, wo ihr einkehren müßt!« rief Mister Isaak Shifty, beinahe ängstlich auf ein nahestehendes Mittelding zwischen Haus und Hütte deutend.

Kehre dich nicht nach ihm, wisperte ich Richards zu, froh, des unerträglichen Wichtes doch einmal ledig zu sein. Bereits war meine Hand an der Klinke, und wir traten ein.

Da saßen sie, ihre Fersen auf dem Tische, und standen, die nämlich, die noch stehen konnten, und taumelten und brüllten. Bei meiner armen Seele! ich wollte, ich wäre irgend anderswo gewesen, statt in dieser werthen Nachbarschaft. Richards trat zuerst in den Haufen. Ich staunte über seine Kühnheit, des stiefellosen Fußes gedenkend; die launigen Zecher schienen Lust zu haben, uns ihre geschliffenen Manieren zu beweisen. Sie machten Platz links und rechts, und ließen uns so eine fußbreite Allee von sechs Fuß und eben so vielen Zollen hohe Palisaden passiren, während sie uns vom Kopfe zu den Füßen musterten. Das Mißgeschick meines Freundes entging jedoch ihren Luchsaugen, als dieser recht feierlich an den Schenktisch herantrat und, sich dem Knäuel von halb Roß- halb Alligatorgesichtern zuwendend, ausrief: Ein Hurrah für Alt-Alabama[45] und der Henker soll den Wegmeister von Bainbridge County holen.

[45]: Alt-Alabama, der Staat Alabama.

Bist du toll? flüsterte ich ihm zu.

So will ich doch erschossen sein, wenn er nicht das Mal diese fünf Knöchel auf seinen Leichnam eingedrückt fühlen soll, brüllte eine Stimme, die aus einem Mammuthsrachen ertönte, der sich so eben anschickte, ein halbes Pint Monongehala zu verschlingen.

Ehe jedoch der vierschrötige Goliath seine Drohung in Ausführung brachte, leerte er noch ganz gemächlich seine halbe Pint Whisky, und schritt hierauf vorwärts, seine flache Hand auf die Schulter Richards mit einem Gewichte legend, der dem Armen das Aussehen eines Gehenkten oder Verrenkten gab. Zugleich starrte ihm der Gewaltige mit einem Ausdrucke ins Gesicht, in dem sich die natürliche Härte seiner scharfen Züge und Eulenaugen nichts weniger als lieblich malte.

Und der Henker hole den Wegmeister von Bainbridge, wiederhole ich! rief Richards halb ernst und halb lachend, indem er zugleich den überkothigen stiefellosen Fuß auf den Stuhl hob. Da seht einmal, Jungens! er ist beim —, mein Stiefel nämlich; der verwünschte Sumpf zwischen hier und der Fähre war so höflich, mir ihn abzuziehen.

Ein Gelächter erschallte, das unfehlbar die Fenster eingedrückt haben würde, wären Glasscheiben darinnen gewesen. Glücklicher Weise waren sie mit Fragmenten, alten Inexpressibles und einstmaligen Röcken und Röckchen ausgestopft.

Kommt Jungens! rief Richards; es ist nicht schlimm gemeint; aber sicherlich, ich verlor meinen Stiefel in diesem höllischen Sumpfe.

Es war das glücklichste Impromptu, das je müde Wanderer in eine ähnliche Gesellschaft eingeführt; Friede, Harmonie und Freundschaft waren mit einem Male hergestellt.

So mag ich wie eine Rothhaut erschossen werden, wenn das nicht Mister Richards von Alt-Virginien und nun vom Missisippi ist, rief unvermuthet derselbe fürchterliche Goliath, der so eben seine flache Hand auf die Schulter Richards gelegt hatte, während sein halb wilder Blick sich in ein launiges Grinsen umwandelte. Möge ich nie eine Flasche echten Monongehalas über meine Lippen bringen, wenn ihr nicht eine Pint mit Bob Shags dem Wegmeister leeren müßt.

So war es denn der selbsteigene Dignitair, den Freund Richards so auf das Haar getroffen, obgleich mit Gefahr seines Schulterblattes.

Ein Hurrah für Alt-Virginien! brüllte der Meister der Wege, indem er zu gleicher Zeit in ein Stück Kautabak von diesem unserm famösen Staate biß. Kommt Mister, kommt Doktor! sprach der Mann, während er ihm mit der einen Hand eine Rolle Tabak, mit der andern das Pintglas hinhielt.

Doktor! wiederholte der vereinte Chorus der Assemblee.

Ein Doktor! riefen sie nochmals.

Ein Mann, der Gewalt über Gin und Whisky[46] hat, dessen Ausspruch als ein unantastbares Veto selbst gegen einen Smaller[47] erachtet wird, ist keine geringe Person in diesen fieberischen Gegenden. In diesem Falle hatte die Doktorschaft den doppelten Nutzen, uns von den gewaltigen Pintgläsern zu befreien, und uns zugleich zu privilegirten Besuchern zu machen; ein Umstand, der von Bedeutung in einer Wirthsstube ist, die sich der ausgezeichneten Ehre erfreut, das Hauptquartier einer Wahlpartie zu sein.

[46]: Gin, Whisky. In den V. St. wird jeder Kornbranntwein Whisky genannt; Gin ist der aus Holland importirte sogenannte Wachholder-Branntwein.

[47]: Smaller, a small one, ein kleineres, ein kleines — nämlich Glas — mit gebranntem Wasser.

Cäsar war es zuerst, der positive Vortheile von dieser Entdeckung erntete. Bob hatte sich einen Augenblick aus der Stube verloren; er kehrte nun mit einer wahren Protektorsmiene zurück.

Mister Richards! rief er zutraulich, Mister Richards! Mög

ich erschossen werden, wenn ihr nicht stets ein sensibler Mann waret, der mehr reelles Blut im kleinen Finger hat, als ein Pferd zu schwemmen hinreichen würde. Ei, und ich will euch beweisen, daß Bob Shags der Mann ist. Holla Doktor! was ist euer Gaul für ein Landsmann?

Ein echter Virginier, erwiederte Richards.

Den Teufel auch ist er's, schrie Bob; aber um euch meine Freundschaft zu beweisen, so will ich ungesehen mit euch tauschen. Mög ich erschossen werden, wenn ich nicht dabei geprellt bin. Na, ich bin herzlich froh, euch wieder zu sehen. Bob Shags darf sich nicht scheuen, einem reellen Gemman[48] ins Auge zu sehen. Kommt Jungens! Keinen Jimmaky[49] und Slings[50] und Poorgun[51] und solch hündisches Gesäufe; echten Monongehala-Whisky! Hurrah für Alt-Virginien! Apropos, wollen wir den alten Virginier nicht besehen?

[48]: G e mman, verdorben, Gentleman.

[49]: J i mmak y , Jamaika-Rum.

[50]: S l ing s, ein Gemisch von gebrannten Wassern, Zucker und Zitronen.

[51]: P o o rg un, Burgunderwein.

Nein, Bob, rief Richards lachend, eure Großmuth ist so echt alabamisch, daß ich unmöglich mich dazu verstehen kann. Für diesmal jedoch muß ich schon meinen Alt-Virginier behalten. Er ist das Leibpferd meiner Frau.

Aber Swiftfoot, erwiederte Bob treuherzig und traulich, ist ein trefflicher Trotter.

Geht nicht, war die Antwort, geht nicht; ich dürfte mich nicht zu Hause blicken lassen!

Bob biß sich in die Lippen; der fehlgeschlagene Pferdehandel hatte mittlerweile das Gute, daß er uns von den Whiskygläsern befreite. Bob schien ganz seine Offerte mit dem Pintglase vergessen zu haben. Er hob es zum Munde und leerte, so wahr ich lebe, den Inhalt mit einem Zuge.

Meine nassen Kleider fingen an schwer auf mir zu liegen; die Atmosphäre war stark geschwängert. Bob hatte mich einigemale schon angeblickt; nun fragte er: Und wer mag der Mister sein?

Mein Name und Stand brachte mir eine Bewillkommung zu Wege, die buchstäblich Thränen in meine Augen preßte. Nach jedem Drucke sah ich, ob nicht das Blut aus den Nägeln spritze. Wahre Bärentatzen, rauh wie eine französische Heerstraße.

Recht froh, Jungens, fuhr Bob im confidentiellen leisern Tone fort, daß ihr gekommen seid. Ich bin just daran, einen Versuch für die nächste Assembly[52]-Wahl zu machen, und ihr wißt, es ist allzeit gut, einen respectablen Ruf zu haben. Wie lange ist es, Mister Richards, daß ich von Blairsville weg bin?

[52]: A s s e m b l y, das gesetzgebende Corps eines Staates.

Acht Jahre, war die Antwort.

Nein, Harry, wisperte der Wegmeister zutraulich, nein, mög ich erschossen werden, wenn es mehr als fünf sind.

Aber, versetzte Richards, ich bin seit fünf Jahren unten am Missisippi, und ihr wißt —

Ah bah! meinte der Mann, fünf Jahre bei meiner Seele sind's, keine Stunde mehr; versteht ihr? setzte er behutsam hinzu, wenn ihr gefragt werdet.

Der Candidat für öffentliche Aemter hatte nämlich von seinem früheren Aufenthaltsorte, dem Geburtsorte Richards,

Reißaus genommen, von wegen gewisser Mißverhältnisse, in die er mit dem Sherif und Constable[53] gerathen, und nachdem er einige Jahre herum vagirt, hatte er sich endlich in Bainbridge County niedergelassen, wo er zu gedeihen schien, so viel es nämlich Whisky und menschliche Schwachheit zuließen. Wir konnten nicht umhin, beinahe laut über die Wichtigkeit zu lachen, die uns Bob vor den Seinigen zu geben für räthlich fand. Theophrastus Paracelsus war ein bloßer Kesselflicker in Vergleich mit dem weit und breit berühmten Doctor Richards; seine fünf und zwanzig Neger wuchsen zu hundert in dieser hyperboreischen Lunge, und meine Wildniß war unter Brüdern fünfmal hunderttausend Dollars werth. Es wäre gefährlich gewesen, dem gewaltigen und verschmitzten Windbeutel zu widersprechen, da er stets bereit war, seine Aussage mit seinen Bärentatzen zu unterstützen.

[53]: S h e r i f, C o n s t a b l e, der Ober- und Unter-Gerichtsdiener.

Endlich konnte Richards die Frage in dieses Gebrülle einschalten:

Ihr seid doch nicht willens, nun zu peroriren?

Mag ich erschossen werden, wenn ich's nicht thue. So wahr ich lebe, ich will darauf und daran.

Wohl denn, da könnten wir vielleicht noch Kleider wechseln und unser Abendmahl abfertigen? fragte Richards leiser.

Kleider wechseln? erwiederte Bob verächtlich, und warum dies, Junge? Nicht wegen uns; seid sauber genug, gut genug für uns, braucht euch nicht zu geniren. Wenn ihr aber meint, so mögt ihr's thun. Holla Johnny! Und sofort begann er seine Negoziationen mit Johnny dem Wirthe, der zu unserer großen Freude einen Leuchter ergriff, und uns in eine Art Hinter-Parlour führte, mit der Versicherung, daß wir auf unser Nachtessen nicht sehr lange zu warten haben würden.

Kein anderes Zimmer, wo wir uns umkleiden könnten? fragte ich.

Ja gewiß, versetzte der Publicaner; da ist die Dachstube; nur schlafen meine Töchter mit einem Dutzend Mädchen darin; dann ist noch die Küche.

Ich sah betrübt darein; denn das Mädchen schickte sich so eben an, den Tisch zu decken, und unglücklicher Weise war das Stübchen durch eine offene Thür mit der Küche in Verbindung, aus welcher ein heilloser Lärm erschallte. Ich hätte Vieles für einen viertelstündigen Besitz des Zimmers gegeben. Mittlerweile sah ich mich nach unsern Porte-manteaux um.

Sechs kleine; es ist nicht Büffelleder, rief ein junger Stentor aus der Küche herüber.

Sechs kleine; es ist Rindsleder! schrie ein zweiter.

»Ich müßte mich sehr irren, wenn diese Bengel nicht unsere Porte-manteaux so eben mit ihrer Untersuchung beehren,« bemerkte Richards, indem er auf die Küche hinwies.

Das wäre doch zu toll, versetzte ich. Aber es war wirklich so. Nicht, daß wir in Besorgniß gewesen wären, die Porte-manteaux zu verlieren oder beschädigt zu sehen; aber sie aus ihren Klauen mit guter Art zu winden, konnte nicht anders als durch einen gut angebrachten Spaß geschehen. Und ich fürchte diese Späße. Man hat immer einen Arm- oder Beinbruch zu riskiren. Die Küche war gesteckt voll; in der Mitte stand ein Haufe von Jungen über sechs Fuß hoch, von denen einer ein brennendes Licht hielt.

Eine der sonoren Stimmen rief: Nein, ich zahle sicherlich nicht, wenn ich nicht das Innere sehe.

Die jungen Gesellen debattirten so eben, ob der Ueberzug von den wilden Büffel- oder den Ochsen-Species herrühre. Sie hatten sie bemerkt, als sie in das Hinterparlour getragen wurden, und ohne weitere Umstände sie zu Objekten ihrer Wetten gemacht.

Es gilt sechszehn kleine! rief mein Freund, sie sind von Hirschhaut.

Sechszehn, sie sind es nicht! donnerten zehn Stimmen mit lautem Gelächter zurück.

Wohl denn, es ist eine Wette, sprach mein Freund; doch laßt uns zuerst sehen, worauf wir gewettet haben.

Platz da für den Gemman! brüllte die Wettegesellschaft.

Es sind unsere Porte-manteaux, versicherte Richards lachend; nun freilich, die sind nicht von Hirschhaut. Hier ist meine Wette.

Der Dollar hatte ein Hurrah zu Folge, das noch in meinen Ohren klingt; aber er hatte auch zugleich den Vortheil, uns in den Besitz unserer Porte-manteaux zu versetzen.

Eines war nur noch vonnöthen, nämlich der ausschließliche Besitz unserer Stube für eine Viertelstunde wenigstens.

Wir wünschen einen Augenblick allein gelassen zu werden, sprach ich zur Dirne, die rasch und pausbäckig aus- und eintrabte, zwanzig Tellerchen und Teller mit Confituren, Gurken, rothen Rüben, eingemachten Früchten auf den Tisch stellend. Ich schloß die Thüre, während Richards lächelnd bemerkte: das ist gerade das sicherste Mittel, sie wieder offen zu haben.

Kaum waren die Worte heraus, als auch die Thüre mit lautem Gelächter aufflog.

Tail![54] schrie nun einer der lustigen Brüder.

Head![54] entgegnete ein zweiter.

[54]: Tail und Head, Kopf und Schweif; ein beliebtes Volksspiel. Eine Münze wird in die Höhe geworfen, und je nachdem sie auf den Kopf oder den Adler fällt, gewinnt die eine oder die andere Partei.

Sie haben Lust zu einem zweiten Dollar, bemerkte Richards; wohl, wir müssen ihnen schon ihren Willen thun.

Head! rief er.

Verloren! fiel der Chorus ein.

Da ist etwas zu vertrinken für euch, sprach mein Freund, dessen bewundernswerther Gleichmuth und gute Laune uns so glücklich durch alle Irrwege des rohen Hinterwäldlerlebens mit einer Leichtigkeit zu bringen wußte, die wirklich einen eigenen Reiz hatte. Wir schlossen nun die Thüre, und hatten hinlängliche Zeit, unsere nassen Kleidungsstücke mit trockenen zu vertauschen. Wir waren noch nicht ganz mit unserm Ueberzuge fertig, als ein leises Tappen an der einzigen Scheibe, mit der das Fenster des Stübchens verziert war, unsere Aufmerksamkeit auf diesen Punkt hinlenkte. Und wen sahen unsere Augen? Es war Mister Isaak Shifty, der bei unserm Eintritte in die Wirthsstube uns den Rücken zu kehren für gut befunden hatte.

Gentlemen! flüsterte der Mann, indem er eine zweite Scheibe ihres Inhaltes, nämlich des Fragmentes einer alten Weste, entledigte, und dann bequem seinen Mund hindurchsteckte, Gentlemen! ich war im Irrthume. Ihr seid nicht zur Wahl gekommen, sagen unsere Späher, sondern vom untern Missisippi.

Und wenn wir es sind, was denn? erwiederte ich trocken. Sagten wir euch nicht so?

Und so thatet ihr; aber ihr konntet mir auch einen Bären auf die Nase gebunden haben. Und wie ihr seht, so werben sie hier zur nächsten Wahl, und wir haben einen Widerpart in dem andern Wirthshause, und da wir wußten, daß sie zwei Männer von unten herauf erwarteten, so dachten wir, ihr wäret es gewesen.

Und weil ihr uns so auf der unrechten Seite eures Weges glaubtet, ließet ihr uns im Kothe stecken, mit der fröhlichen Aussicht, das Genick zu brechen, oder im Tennessee zu ersäufen? bemerkte Richard laut lachend.

Das gerade nicht, versetzte der Yankee; wir würden es freilich lieber gesehen haben, wenn ihr im breiten Moraste übernachtet hättet, im Falle ihr die besagten zwei Männer gewesen wäret; aber jetzt wissen wir, woran wir sind, und ich bin gekommen, euch mein Haus anzubieten. Hier wird's eine gewaltige Frolic[55] geben, und vielleicht auch mehr. In meinem Hause mögt ihr so ruhig schlafen, wie sonst in einem.

[55]: Frolic, Lustbarkeit.

Das geht unmöglich an, Mister Shifty, sprach Richards mit einem Blicke, der, wenn des Yankees Augen ihre Schuldigkeit thaten, ihm gesagt haben muß, daß wir ihn durchblicken.

Die Klinke der Thüre, die in die Küche führte, bewegte sich, und schloß plötzlich unsere Unterhaltung. Die scharfen grauen Augen unsers Yankee hatten abwechselnd uns und die Stubenthüre bewacht, und kaum war die Klinke hörbar gehoben, so füllte sich die Oeffnung am

Fenster und der Kopf unsers hospitablen Yankee verschwand wieder.

Er braucht uns, sprach Richards, weil er fürchtet, unsre protegirende Anwesenheit möchte Bob zu viel Gewicht geben. Du siehst, sie haben ihre Späher; sollten Bob und die Seinigen es ausfindig machen, dann giebt es ein reelles Balgen. Allerdings sind wir in einer wahren Squatter[56]-Höhle, sehr unreputirlich, aber wir müssen aushalten.

[56]: S quatte r, buchstäblich Einer, der sich breit auf seinen Hüften niederläßt; figürlich Ansiedler, die sich rechtswidrig auf Ländereien niederlassen.

Die Tafel war nun gedeckt und die Thee- und Kaffeekannen dampften. Es war ein excellentes Souper, echte Alabama-Delikatessen. Fasanen mit Schnepfen, oder, wie sie genannt werden, Woodcocks, ein herrlicher Hirschziemer, der, ungeachtet des Jagdgesetzes, seinen Weg in Johnny's Behausung gefunden hatte, und Waizen-, Buchwaizen- und Wälschkorn-Pfannkuchen. Wir hatten bereits den ersteren Gerechtigkeit widerfahren lassen, und waren so eben in Prüfung der letzteren begriffen, die, zur Ehre von Bainbridge sei es gesagt, kein Pariser Restaurateur hätte trefflicher auftischen können, als die Stimme Bobs in langem Gebrülle ertönte. Bob hatte seine Canvaß- oder Candidaturrede begonnen. Es war hohe Zeit, unserm Souper ein Ende zu machen, und in die Reihe der Zuhörer des gewaltigen Wegmeisters einzutreten, unter dessen beschützenden Fittichen wir bisher so ziemlich wohl gefahren waren, das heißt, ohne unsere Arme oder Beine gebrochen zu haben. Die Hinterwäldler-Etiquette forderte unsere Anwesenheit diktatorisch, und wir, ihrem Ausspruche Genüge zu leisten, erhoben uns sofort von unserm Mahle und traten in die Versammlung.

Am Oberende der Tafel, und zunächst dem Schenktische,

stand Bob Shags als Präsident, Sprecher, Kandidat — Alles in Allem. Ein Dintenfaß, das vor einer vierschrötigen Personnage aufgestellt war, bezeichnete den Sekretair. Bobs Gesichtszüge verfinsterten sich, als wir eintraten, zweifelsohne wegen unserm späten Erscheinen; doch Cicero selbst hätte kaum eine geschicktere Wendung gegen den Erz-Conspirator Catilina nehmen können, als Bob bei unserm Eintritte zu eigenen Gunsten einschlug.

Und diese Gemmen, fuhr er fort, könnten euch sagen, ja, und schwarz auf weiß beweisen, und Beweise geben von meiner Respectibilität. Mag ich erschossen sein, wenn sie nicht die beste ist, just so gut, wie die des besten Mannes in den Staaten.

Nicht besser, als sie sein sollte! fiel eine Stimme ein.

Bob warf einen finstern Blick auf den Sprecher; doch das Lächeln desselben schien gut gemeint, und alle übrigen einverstanden. Bob räusperte sich und fuhr fort:

Ei, wir brauchen Männer, die nicht auf die Köpfe gefallen sind und die schwarz von weiß zu unterscheiden wissen, und sich nicht von der Ministration[57] einen blauen Dunst vor Augen machen lassen, sondern unsere angebornen Souverainetätsrechte zu vertheidigen wissen. Mag ich erschossen sein, wenn ich einen Zoll breit weiche, ei, nicht dem Besten; vorausgesetzt, Jungens, ihr beehrt mich mit eurem Vertrauen und — ja eben das müßt ihr, sonst —

Hier unterbrach den Redner ein donnernder Ausbruch der ganzen Wahlversammlung: Let's go the whole hog![58]

The whole hog! bekräftigte Bob, seine beiden Fäuste auf den Tisch auflegend; das ist's Wahre! The whole hog! — das Volk — ei so habe ich nimmer gedacht! — Nun, Jungens, glaubt ihr nicht, daß unsere großen Herren zu viel Geld kosten? Mag mich — verdammen, Jungens, wenn ich's nicht um's Drittel des Geldes eben so gut thue. Hört nur! sechs Gespänne, jedes von vier Gäulen, hätten vollauf zu ziehen, um nur das Silber wegzuschleppen, das uns Johnny[59] und seine Ministration gekostet haben. Hier, Jungens, ist es schwarz auf weiß.

[57]: Ministration, Administration, die executive Gewalt, der Präsident mit seinem Cabinette.

[58]: Let's go the whole hog! eine etwas vulgaire Hinterwäldler-Phrase; will so viel sagen, als: zur Hauptsache!

[59]: Johnny, John Quincy Adams, dam. Präsid. d. V. St.

Bob hatte einen Bündel Papiere vor sich, die wir zuerst für ein schmutziges Sacktuch gehalten, die aber die County-Zeitungen waren, von denen eine ganz sinnreich den Gehalt, welchen die eben abgehende erste Magistratsperson der Union für ihre Dienstjahre bezogen, auf Wagenladungen reducirt hatte, — das herrlichste Mittel, die Verschwendung öffentlicher Gelder recht augenscheinlich darzustellen. Bob hielt inne, während sein Nachbar sich die Brille aufsetzte und zu lesen anfing. Doch Alle fielen ein: Wissen es schon, haben es schon gelesen! Zur Sache!

Nein, rief Bob, schaut nur einmal! »Diplomatische Sendungen.« Was soll das bedeuten? Wen brauchen sie da zu senden? Da haben sie einen Ginral Tariff[60] angestellt, der einer der tollsten Aristokraten ist, der je lebte. Und der hat ein Gesetz passirt, in Folge dessen wir nicht mehr mit den Britten Handel treiben sollen. Jeden Strumpf, jeden Messerstiel hat der verhenkerte Aristokrat mit einem Einfuhrszoll belegt. Wo sollen wir nun Flanelle hernehmen?

[60]: Ginral Tariff, der allgemeine Tariff; hier von den Hinterwäldlern für einen General, mit Namen Tariff, genommen.

Hört! Hört! rief hier einer der Zuhörer, dessen rothes

Flanellhemd wirklich einer zeitigen Fürsorge zu bedürfen schien.

Ferner, fuhr Bob fort, haben sie unserer Schifffahrt einen Schlepper zum Vortheil ihrer Manufakturen angehängt. Ihren Manufakturen — Männer! Souveraine, freie Bürger! in den Manufakturen zu arbeiten!

Hört! Hört! ertönte von mehreren Seiten drohender.

Aber das, fuhr Bob geheimnißvoll fort, ist noch nicht Alles. Nein, Jungens, hört und urtheilt! Ihr, die erleuchteten freien Männer Alabamas, urtheilt und seht zu! Ja, die Ministration und die Yankees! Wißt ihr, was sie thaten?

Hört! Hört! riefen neuerdings zwanzig Stimmen.

Nichts weniger haben sie gethan, fuhr Bob fort, als Kleidung, Munition, Gewehre und Mehl und Whisky haben sie den Creeks[61] geschickt. Zwei volle Schiffsladungen haben sie geschickt. Hier ist's! schrie Bob, eine andere Zeitung auf den Tisch werfend.

[61]: Creeks, Greeks. Die ersteren sind die bekannten Indianer im Staate Georgien; die letzteren die Griechen, denen bekanntlich in ihrem so sonderbar beendigten Freiheitskampfe bedeutende Unterstützungen von den Bürgern der V. St. gesandt wurden.

Eine athemlose Stille herrschte während der furchtbaren Beschuldigung, die nun Wort für Wort verlesen wurde. Wir konnten beinahe das Lachen nicht mehr verhalten; doch Noth gebot. Bob fuhr so eben fort: Und sie wollen sie zurück über den Missisippi, und wieder in Georgien, ja — und in Alabama gleichfalls haben. Und sie halten Reden und Versammlungen zu ihren Gunsten, und sagen, daß wir ihnen, diesen Creeks, unsere Aufklärung verdanken, und sie haben bereits Häuptlinge, als da sind Alexander, den sie den Großen nennen, und Perikles und Plato, und derlei Namen,

wie wir sie unsern Negern geben. Ja, und diese
verwünschten Rothhäute fechten gegen einen andern
Häuptling, den sie Sultan heißen, und der auf der
Türksinsel[62] irgendwo gegen Osten hauset. Wo sollen wir
unser Salz hernehmen?

[62]: Turksislands, Türkeninsel; eine kleine Insel, von welcher
die östlichen Staaten, Nord- und Süd-Carolina, Georgien
etc. ihr Salz beziehen.

Der Sturm, der seit geraumer Zeit gebrauset, brach nun in
ein Gebrülle aus, das die Balken des Stammhauses in seinen
Grundvesten erschütterte. Trotz des beinahe
unwiderstehlichen Kitzels hatten wir wacker an uns
gehalten, inmitten des tobenden Sturmes jedoch erscholl auf
einmal ein lautes Lachen, das von Bob und seinen Getreuen
gehört wurde. Der donnernde Ausruf: ein Späher, ein
Spion! war kaum von den Lippen des Gewaltigen ertönt, als
der ganze Knäuel gegen die Thüre stürmte, durch welche
sich ein Personnage gestohlen hatte, die allerdings zu einem
solchen Ehrendienste qualificirt schien. Der unglückselige
Wicht wurde gerade noch zu rechter Zeit erschnappt und
vor das hohe Tribunal gezogen. Sein Geheul brachte jedoch
bald das ganze Corps seiner Freunde, die in der nächsten
Taverne in einem ähnlichen Geschäft begriffen waren, zu
seinem Beistande. Ein Kampf war nun unvermeidlich, und
diesem zu entwischen unsere Hauptsorge. Wir drückten uns
so schnell als möglich durch die Küche und von da in den
Hof.

Halt! zischte eine leise Stimme, ihr seid am Rande einer
Pfütze, in der ein Ochs ersäufen könnte. Aha, nun werdet
ihr doch meine Einladung nicht verschmähen?

Es war Mister Isaak Shifty, bei alle dem ein getreuer
Pilote, als wir dachten. Im Wirthshause war die Schlacht so
eben im besten Zuge. Wir überlegten, was wohl zu thun sei,

als der Sturm sich plötzlich zu legen begann.

Was ist das? riefen wir alle drei verwundert, durch die Küche auf den Schlachtplatz eilend.

Es war niemand anders als der Constable mit seinem Amtsstabe, der in der Hitze der Schlacht eingetreten. Sein Erscheinen allein bewirkte, was hundert Leibgardisten eines Despoten nicht hätten zu Wege bringen können, augenblicklichen Waffenstillstand. Der Aufruf zur Ruhe im Namen des Gesetzes hatte Bob und Compagnie wie mit einem Zauberschlage berührt, und Friede und Eintracht waren wieder auf einmal hergestellt.

Wir hatten eine ruhige Nacht, mit der einzigen Unbequemlichkeit, daß Bob sich uns als Beilage anschloß, und wir somit drei in eine Bettstätte zu liegen kamen. Ehe jedoch der Morgen graute, war er von unserer Seite gewichen. Spät betraten wir die Wirthsstube; sie stand noch immer am alten Flecke; trug aber furchtbare Male eines verzweifelten Kampfes. Bänke, Stühle und Tische lagen in Trümmern umher, der Fußboden war mit zerbrochenen Krügen und Gläsern übersäet, und selbst das Heiligthum, der Schenktisch, war von einer theilweisen Zerstörung nicht verschont geblieben, und als wir dem Stalle uns näherten, um Cäsar unsern Besuch abzustatten, fand ich zu meinem nicht geringen Verdrusse, meine Gig über und über mit Wahlzetteln und Hurrah's für Bob Shags beklebt, und Richards den Schweif seines Cäsar so glatt und rein abgeschoren, als ob die Schelme ihn barbirt hätten. Unser Frühstück war jedoch vortrefflich, und wir betraten unsere Reise nach Florenz unter günstigeren Auspizien, als es Tages vorher der Fall gewesen.

Der Kindesräuber.

Ja, es ist ein erhabener, beinahe ein furchtbarer Anblick, diese endlosen Urwälder, Tausende und abermals Tausende von Meilen in ihr nächtliches Dunkel hüllend. Wie mancher Klagelaut mag in ihnen ungehört verschollen, wie manche Gräuelthat von den hehren Wipfeln und ihrem düstern Schatten bedeckt sein, vor deren bloßen Namen das stärkste Männerherz erzittern würde. Scheint es doch, als ob hier die ungeheure Natur auch ungeheure Verbrechen erzeugen müßte. Noch heute preßt es mir das Herz wie mit Zangen zusammen, wenn ich an jene Scene denke. Ja, die Wirklichkeit ist oft grausamer, als die glühendste Dichtung, schauderhafter, als die schreckenvollste Phantasie sie malen kann. Wie kommt es doch, daß der göttliche Funke, der im Menschen wohnt — sein Verstand — so selten zum Herzen zu dringen vermag, während der teuflische, möchte ich sagen, — seine Bosheit — bis zur innersten Faser hineinwühlt? Ich habe oft über den seltsamen Charakter nachgedacht, der mir damals aufgestoßen, aber mein Verstand wurde verwirrter, je länger ich nachdachte.

⸻

Es war im Anfange Decembers im Jahre 1825, als ich gleichfalls den Missisippi in der Feliciana hinabging. Auf der Höhe von Hopefield, Hampstead County[63], angekommen, streifte eines unserer Räder an einem Sawyer[64] und ging in Stücke, ein Umstand, der uns zwang, vor dem Städtchen anzuhalten.

[63]: Hopefield, die Countystadt der Grafschaft Hampstead.

[64]: Sawyers, Säger, große, lange, in den Schlamm eingetauchte Baumstämme, die unter der Oberfläche des Wasserspiegels hin- und herschwanken und den Dampfschiffen sehr gefährlich sind.

Hopefield ist ein kleiner Ort, an dem westlichen Ufer des Stromes, beiläufig sechshundert Meilen oberhalb Neworleans, und fünfhundert unterhalb der Mündung des Ohio in den Missisippi gelegen, mit fünfzehn Häusern, von denen zwei zugleich Schenken und Krämerläden sind, die ein paar Dutzend Messer und Gabeln, einige bunte Halstücher, Töpfe, Pulver und Blei, und derlei Artikel zum Verkaufe darboten. Unsere Reisegesellschaft bestand aus zehn Damen, eben so vielen jungen Männern und mehreren alten Herren. Nichts ist während einer Flußreise erwünschter, als eine Landpartie, und da wir in dem Oertchen gerade nichts weiter zu suchen hatten, so fand der Vorschlag einiger unserer Reisegefährten, eine Excursion in das Innere des Waldes zu unternehmen, allgemeinen Beifall.

Der Sohn eines der Schenkwirthe hatte sich zu unserm Führer angeboten. Wir nahmen jeder eine Jagdflinte, eine Bouteille Wein oder Cognac, um die Ausdünstungen abzuhalten, und unser Pilot[65] wurde mit einem gewaltigen Schinken und einem Vorrathe Crakers[66] beladen, die uns der Capitain als gemeinschaftliches Eigenthum aus dem Schiffsvorrathe mitgegeben. So ausgerüstet, traten wir unsern Ausflug an, begleitet von den guten Wünschen der Damen, die einige hundert Schritte mit uns in den Wald hinein gingen.

[65]: Pilot, Lotse.

[66]: Crakers, kleiner runder Zwieback, der von Boston ist
vorzüglich gut.

Ich habe oft die Bemerkung gemacht, daß ein tieferes
Eindringen in unsere gewaltigen Urwälder auch den
muntersten Schwätzer zum Schweigen bringt. Bei dieser
Gelegenheit fand ich meine Bemerkung wieder bestätigt.
War es der tiefe, ergreifende Ernst, der sich über das
Halbdunkel dieser üppigen Wildniß hingelagert hatte, die
feierliche Ruhe, die bloß durch unsere Fußtritte oder durch
fallende Blätter unterbrochen wurde, oder hatte die
ungeheure Wucht der Bäume, die mit ihren colossalen
Riesenstämmen himmelwärts anstrebten, auf die Phantasie
meiner Gesellschafter gewirkt, die meisten derselben —
Nordländer, die nie über Albany oder die Saratoga-Quellen
hinausgekommen — waren auf einmal ernst und beinahe
düster geworden. Das Laub der Cottonbäume, dieses Riesen
der südwestlichen Waldungen, hatte bereits die fahle
Spätherbstteinte angenommen; nur einzelne
Sonnenstrahlen hellten den gelblich grünen Farbenschmelz
zuweilen auf, und wo dieß der Fall war, gab die Lichtung
und der Farben Strahlen dem Dunkel eine sonderbar
magische Helle, die unsere Gefährten in schweigendes
Dahinstarren versetzte. Die Wurzeln und Gesträuche, die
von den Bäumen zwanzig Fuß lang herabhingen, zeugten
zugleich von der Macht des Stromes, der häufig seine
Fluthen zwanzig bis dreißig Meilen über die Ufer schüttet,
einem endlosen See dann gleichend. Hie und da funkelte
noch eine Magnolia mit ihren schneeweißen Blüthen, oder
eine Catalpa mit dem ficus indicus und seinen langen
Blättern und Gurkenfrüchten, an denen glänzende Redbirds
oder Peroquets hingen. Während ein paar Commis von
Boston in jedem Strauche ein wildes Thier sahen, und
zehnmal schon ihre Flinten auf einen gewaltigen Bären oder
Panther angelegt halten, zum nicht geringen Spaße unseres
Führers, der ihre ziemlich albernen Fragen mit einer

70

wahrhaft vornehmen Hinterwäldlermiene unbeantwortet ließ, waren wir nach einem stündigen Marsche an einem langen und ziemlich breiten Sumpfe angelangt, der, durch die Ueberschwemmungen des Stromes gebildet, sich von Norden nach Süden beiläufig fünf Meilen erstreckte, und einen hellgrünen, breiten Streifen klaren Wassers in seiner Mitte erblicken ließ. Das westliche Ufer war mit einem Anfluge von Palmetto überwachsen, dem gewöhnlichen Verstecke von Hirschen, Bären und selbst Panthern. Dieses nun durchzustöbern, war unsere Hauptaufgabe. Wir theilten uns sofort in zwei Partien; die erste mit dem Führer, dem wir die Neu-Engländer überließen, sollte den nördlichen Bogen des Sumpfes umgehen, während wir den entgegengesetzten Weg in südlicher Richtung zu verfolgen gedachten. Beide sollten in der Mitte hinter dem Sumpfe auf einem Pfade zusammentreffen, der durch ein dichtes Gehege von wilden Pflaumen und Honigakazien führte. Die Weisungen waren ziemlich unbestimmt und in Hinterwäldlers-Manier; vieles Fragen jedoch würde unsern Führer wahrscheinlich nur noch mehr verwirrt haben, und so trennten wir uns, unsern gesunden Sinnen und Taschen-Compassen vertrauend, die mehrere von uns bei sich hatten. Wie gesagt, die südliche Richtung war uns anheim gefallen. Am äußersten Ende des Sumpfes sollten wir uns gegen Westen wenden, und dann die nördliche Richtung längs dem Palmetto verfolgen.

Bisher hatten wir, einige Züge wilder Tauben oder Eichhörnchen ausgenommen, nichts zu Gesichte bekommen, als Schlangen, die wir noch an den letzten Strahlen der Sonne sich wärmend fanden; Königsschlangen, mit ihren Regenbogenringen glänzend; Mocassinschlangen, die bei unserer Annäherung sich träge in einen Haufen Laubes einwühlten, oder eine Stierschlange, die sich langsam mit gebrüllähnlichem Zischen aufrichtete, waren hie und da noch zu sehen; — ein sicheres Anzeichen, daß der Winter noch ziemlich ferne war.

Nach einer zweiten Stunde waren wir am südlichen Ende des Sees angelangt; wir wendeten uns nördlich, den See zu unserer Rechten, das Palmettofeld zu unserer Linken. Der Grund, den wir betraten, war, wie es bei Canebrakeboden[67] der Fall ist, fester Wiesengrund; das Gras reichte bis zum Gürtel, aber unmittelbar daran gränzte der tiefere Sumpfboden, so daß uns keine Wahl übrig blieb, als durch das Rohrfeld zu brechen, oder im sumpfigen Boden fortzuwaten. Die Ufer des Sees waren mit hohen Cedern bewachsen, die vier bis fünf Fuß tief im Wasser standen, und ihre gewaltigen Kronen im stillen Spiegel blicken ließen. Eine Weile standen wir, die malerische Scene betrachtend. Der breite Streifen Wassers dehnte sich gleich einem ungeheuern Atlaßbande hin; die leiseste Bewegung der Blätter erglänzte im Spiegel. Zuweilen erhob sich ein unmerkbares Lüftchen, das säuselnd durch die Bäume und das Palmettofeld hinfuhr und sich in kaum merklichen Wellenschlägen des Sees verlor. Das Wasser selbst war vom frischesten Grün wie angehaucht, und die Millionen Stämmchen des Palmetto spiegelten sich prachtvoll, gleich Myriaden von Schwertern und Lanzen, in den klaren Fluthen. In den kleinen Buchten sonnten sich Schwäne, Pelikane und wilde Gänse, ihr Gefieder zum Winterfluge putzend, die uns bis auf zwanzig Schritte herankommen ließen und dann mit rauschendem Getöse ihr Heil in der Flucht suchten.

[67]: Canebrakeboden, Rohrfeldboden.

Wir hatten unsere Richtung unverdrossen eine lange Weile gegen Norden zu verfolgt, als plötzlich ein langsam, aber regelmäßig auf einander folgendes Gekrache in dem Palmetto unsere Aufmerksamkeit rege machte. Es näherte sich etwas bedächtlichen Schrittes, und wir wandten uns mit Vorsicht und horchten. Es mochte ein Hirsch, ein Panther, oder ein Bär sein — wahrscheinlich das Letztere. Wir besahen unsere Gewehre, zogen die Hähne, und drangen einige Schritte tiefer ein, hörten ein hohles Brummen, und unmittelbar darauf einen Sprung und ein Krachen und ein Getöse, das sich schnell in der uns entgegengesetzten Richtung verlor. Einer unserer Gefährten, der noch nie auf einer Bärenjagd gewesen, drang so schnell, als er vermochte, durch das Palmettofeld, und war bald unsern Augen entschwunden. Leider hatten wir keine Hunde, und nach einer halben Stunde fruchtlosen Stöberns, während dem wir noch ein zweites Mal etwas aufgejagt hatten, überzeugten sich meine Reisegefährten, daß sie wohl mit leeren Händen würden zurückkehren müssen. Nach unsern Uhren zu schließen, war es Zeit, uns dem Vereinigungspunkte zuzuwenden, der jenseits des Palmettofeldes lag, das beiläufig eine halbe Meile breit sein mochte, und, wie uns der zurückgekehrte Bärenverfolger versicherte, am westlichen Rande mit einem heillosen Dickichte von wilden Pflaumen-, Apfel- und Akazienbäumen begränzt war, das weder Weg noch Steg hatte. Bald überzeugten wir uns von der Richtigkeit seiner Angabe. Der etwas höhere Canebrakeboden senkte sich nämlich in eine sumpfige Niederung, die längs der ganzen Ausdehnung des Sees von Norden nach Süden hinlief. Wer je in einer solchen Wildniß gewesen ist, wird leicht unsere Verlegenheit bei dem Umstande begreifen, daß bereits vier Stunden von den uns gegebenen acht verflossen waren. Es schien nichts übrig, als denselben Weg zurückzugehen. Ehe wir uns jedoch hiezu verstanden, versuchten wir den Pfad aufzufinden. Wir trennten uns demnach in verschiedenen Richtungen; beiläufig eine halbe Stunde mochten wir uns durch Dornen und Gezweige hindurchgewunden haben, als ein lautes Hurrah uns ankündigte, daß der Pfad gefunden sei. In kurzer Zeit waren wir alle um unsern Gefährten, der die Entdeckung gemacht, herumversammelt; statt des Pfades jedoch fand es sich, daß es eine — Kuh war. Wir nahmen auch diesen Fund mit gehörigem Danke, nur war zuerst die Frage zu entscheiden, ob es eine Streifkuh, oder eine regelmäßig jeden Abend zu Hause sich einstellende, ordnungsliebende Kuh sei. Ein tüchtiger Ohioer löste die Frage und brachte uns die Gewißheit, daß sie noch diesen Morgen gemolken worden war. Auch die wichtigere Frage, sie zum Heimgehen zu bewegen, löste er zu unserer Zufriedenheit, indem er sich mit seinem Gewehr nahe an das Thier hinstellte und die Ladung dicht an oder in den Schweif abschoß. Das Thier machte einen gewaltigen Satz, und sprang dann durch das Dickicht, als ob es von einer Meute toller Hunde verfolgt wäre; wir nach. Des Thieres Bekanntschaft mit der undurchdringlichen Wildniß hatte uns bald auf einen Weg geleitet, auf dem wir ziemlich schnell folgen konnten. So gelangten wir endlich an den Pfad zu dem angedeuteten Rendez-vous. Unsere Schritte wurden nun langsamer, und wir folgten gemächlich der Spur des Thieres. Wir hatten beiläufig eine Meile zurückgelegt, als wir eine starke Helle in der Ferne bemerkten, die eine ziemlich große Lichtung vermuthen ließ. Bald darauf sahen wir Zäune und Wälschkornfelder, und endlich im Hintergrunde ein Wohnhaus, aus Stämmen aufgeführt, dessen rauchende Kamine uns der Anwesenheit eines Hinterwäldlers versicherten. Das Haus lag friedlich auf einer sanften Anhöhe. Es war mit Clapboards (Dachdauben) gedeckt, und hatte im Rücken eine Scheuer mit den nöthigen Wirthschaftsgebäuden, wie man bei Hinterwäldler-Ansiedelungen von einigem Wohlstande gewöhnlich trifft. Am Hause rankten Pfirsichbäume hinan, vor demselben standen Gruppen von Papaws, und das Ganze gewährte einen ausgesucht ländlichen Anblick. Als wir die Umzäunung überstiegen, kamen ein paar Bullenbeißer mit aufgesperrtem Rachen auf uns herangestürzt. Wir wehrten die immer wüthender werdenden Thiere noch immer von uns ab, als ein Mann aus der Scheune trat und wieder dahin zurückkehrte. Nach wenigen Sekunden kam er ein zweites Mal in Begleitung zweier Neger, die dieselbe Kuh bei den Hörnern nach sich zogen, die wir so schleunig zum Rückzuge genöthigt hatten. Wir grüßten den Mann mit einem: Guten Morgen! Er gab keine Antwort, und maß uns mit einem kalten, finstern Blicke. Er war groß, nervig und breitschulterig; sein Gesicht ausdrucksvoll, aber ungemein düster, beinahe zurückstoßend. Es war etwas Unruhiges, Rastloses in dem Wesen des Mannes; man gewahrte es beim ersten Anblicke.

Ein schöner Morgen, sprach ich, näher an den Mann zutretend.

Keine Antwort. Der Mann hielt die Kuh bei beiden Hörnern und sein Auge stierte auf den Schweif des Thieres, von dem einzelne Blutstropfen herabfielen.

Wie weit ist es von hier nach Hopefield? fragte ich nun.

Weit genug, um es nie zu erreichen, wenn ihr auf meine Kuh Jagd gemacht habt, erwiederte er drohend.

Und wenn wir es gethan haben, so werdet ihr hoffentlich nichts Arges dabei denken. Es war bloßer Zufall.

Solche Zufälle ereignen sich nicht oft. Leute schießen nicht auf Kühe, wenn sie nicht im Sinne haben, anderer Leute Fleisch zu essen.

Ihr wähnt doch nicht, fiel der schuldige Ohiomann ein, daß wir eure Kuh zu unserer Zielscheibe gemacht, wir, die nicht mehr im Sinne hatten, als einige Truthühner auf unser Dampfschiff zu bringen. Wir sind Passagiere von der Feliciana; eines unserer Räder ist an einen Sawyer gelaufen, und das ist die Ursache, warum unser Schiff bei Hopefield vor Anker liegt, und wir hier sind.

Der Mann hatte mit echter Ohio-Umständlichkeit das Argument auseinandergesetzt; der Hinterwäldler gab jedoch keine Antwort, und wir gingen dem Hause zu.

In der Stube fanden wir sein Weib. Auch in ihren Zügen hing etwas Düstres, doch nicht in dem Grade abschreckend, wie es bei ihrem Manne der Fall war. Bei ihr schien Gram mehr vorherrschend.

Können wir etwas zu essen haben? fragte ich das Weib.

Wir sind keine Wirthsleute, war die Antwort.

Unsre Partie kann nicht mehr fern sein, sprach einer unsrer Gefährten. Wir wollen ihnen das Vereinigungszeichen geben. Und mit diesen Worten entfernte er sich einige Schritte in der Richtung eines Cottonfeldes.

Halt! sprach der Hinterwäldler, vor ihn hintretend; ihr geht keinen Schritt weiter, bevor ihr Auskunft gegeben, woher ihr kommt.

Woher ich komme? sprach unser Gefährte, ein junger Doctor der Medicin aus Tennessee; das braucht weder ihr, noch irgend ein Mann in der Welt zu wissen, der auf eine solche Weise fragt. Wenn ich mich nicht irre, so sind wir in einem freien Lande. Und mit diesen Worten schoß er sein Gewehr ab. Das Echo schlug so gewaltig und majestätisch von dem hehren Waldkranze herüber, mit dem die Pflanzung eingefaßt war, daß die zwei andern ebenfalls ihre Gewehre abzuschießen Miene machten. Ich winkte ihnen jedoch, und sie hielten inne. Es schien mir nicht überflüssig, auf alle Fälle vorbereitet zu sein, obwohl wir nicht im mindesten ernsten Besorgnissen Raum gaben. In wenigen

Minuten wurde ein Schuß gehört — die Antwort auf unser Signal.

Macht euch keine unnöthige Unruhe, sprach ich; unsre Compagnons haben unser Signal gehört, und sie werden sogleich hier sein. Was eure Kuh betrifft, so könnet ihr wohl so vielen gesunden Menschenverstand haben, um einzusehen, daß fünf Reisende nicht nach etwas jagen werden, das weniger denn werthlos für sie ist.

Während ich noch sprach, kam unsere zweite Partie mit dem Führer aus dem Walde hervor, der Letztere mit zwei fetten wilden Truthähnen beladen. Er grüßte den Hinterwäldler als einen alten Bekannten, zugleich hatte aber dieser Gruß etwas so Theilnehmendes und zugleich Zurückhaltendes, als mit seinem sonstigen derben und ziemlich rauhen Wesen seltsam Contrastirte.

Wohl, Mister Clarke? sprach er. Noch nichts gehört? Thut mir sehr leid.

Der Hinterwäldler gab keine Antwort; aber seine trotzige Miene überging plötzlich in ein finsteres Dahinstarren; eine Thräne, schien es mir, drang sich in seine Augen.

Mistreß Clarke! sprach der Führer zum Weibe, die von der Vorhalle herabkam; diese Gentlemen hier wünschen einen Bissen zum Mittagsessen. Sie haben genug gejagt, däucht es mich; wir haben Ueberfluß an Allem. Wollt ihr wohl so gefällig sein, uns etwas zu bereiten?

Das Weib stand ohne ein Wort zu sprechen; der Mann ebenfalls. Beide hatten etwas so abschreckend Störrisches, so etwas ungewöhnlich Verstocktes, als mir noch nie bei den Hinterwäldlern vorgekommen.

Wollt ihr so gut sein, wiederholte der Führer, uns einen Truthahn zu braten, mit etwas Schinken und Eiern?

77

Keine Antwort. Der Mann hielt die Hörner der Kuh, starr und finster auf die Erde blickend, und das Weib sah ihren Mann an.

Wohl denn! sprach der Doctor, hier läßt sich nichts erwarten; wir verlieren nur unsre Zeit. Laßt uns auf einen Baumstamm niedersitzen und unsere Schinken und Crackers kosten.

Der Führer winkte uns bedeutsam und näherte sich dem Weibe, mit dem er angelegentlich sprach. Doch sie gab keinen Laut von sich.

Frau! sprach der Doctor, Etwas muß mit euch oder in eurer Familie vorgegangen sein, das euch so verstimmt hat. Wir sind fremd, aber nicht gefühllos. Sagt an, was fehlt euch? Vielleicht läßt sich ein Mittel finden.

Der Mann blickte auf, das Weib schüttelte das Haupt.

Was ist es? fragte ich sie, mich ihr nähernd, das euch bekümmert? Hülfe kommt oft, wenn es am wenigsten erwartet wird.

Etwas, das sahen wir nun wohl ein, war hier vorgefallen, das erschütternd, schmerzlich sein mußte. Kleinigkeiten sind nicht leicht im Stande, die Nerven dieser gewaltigen Menschen so fürchterlich zu spannen.

Das Weib trat, ohne ein Wort zu sprechen, zum Führer, nahm ihm einen Truthahn und die Schinken ab, und ging dann in das Haus.

Wir folgten und traten in die Stube. Nachdem wir uns um die Tafel gesetzt, langten wir nach unsern Bouteillen. Der Mann brachte Gläser und setzte sie vor uns hin. Wir schenkten ein und drangen in ihn, sich an uns anzuschließen; hartnäckig jedoch wies er unsre wiederholten Einladungen zurück. Wir wurden es endlich müde, gute Worte an ihn zu verschwenden. Unsre Gesellschaft bestand, wie gesagt, aus zehn jungen Männern. Zwei Bouteillen waren bereits geleert, und wir fingen an etwas munter zu werden, als unser Wirth plötzlich von seinem Sessel vor dem Kaminfeuer aufstand, und, vor den Tisch hertretend, sprach:

Gemmen! Ihr müßt nicht denken, daß ich ein grober Mann bin, aber ich muß euch gerade heraus sagen, daß ich in meinem Hause keinen Lärm leide. Es ist kein Haus zum Lachen; ich versichere euch bei —

Und nachdem er so gesagt, setzte er sich wieder hin, stützte seinen Kopf in beide Hände, und versank in sein voriges Hinstarren.

Vergebung! sprachen wir, aber wirklich, wir haben nicht vermuthet, daß unsre Fröhlichkeit euch beleidigen könnte.

Der Mann gab keine Antwort, und so verging eine halbe Stunde in Flüstern und Vermuthungen.

Endlich deckte ein Negermädchen die Tafel. Nach vielen und eindringlichen Bitten, Theil an unserm Mahle zu nehmen, setzten sich Wirth und Wirthin zu uns. Er kostete nun ein Glas Cognac, und leerte es auf einen Zug. Wir füllten es; wieder trank er es aus und wieder wurde es gefüllt. Als er das dritte Glas geleert hatte, entstieg ihm ein schwerer Seufzer; dem Mann wurde augenscheinlich leichter.

Gemmen! sprach er, ihr werdet mich für stöckisch und rauh gehalten haben, als ich euch traf, wie ihr meine Kuh gejagt; aber ich sehe nun, wen ich vor mir habe. Aber möge ich erschossen werden, wenn ich ihn je finde, so will ich ihm auch eine Kugel durch den Leib jagen, und ich verbürge mich, er wird kein zweites Mal Buben stehlen.

Buben stehlen? sprach ich. Ist einer eurer Neger gestohlen
worden?

Einer meiner Neger, Mann? Mein Sohn, mein einziger
Sohn! Mein ehelich gezeugter Sohn! Ihr Kind! auf sein Weib
deutend, unser Bube ist gestohlen! Unser Bube, der uns
allein von fünf Kindern übrig geblieben, die das Fieber uns
genommen, die wir begraben haben. Ein Bube, so rüstig, so
gescheid, so lieblich, so flink, als je einer in diesen
Hinterwäldern geboren ward. Da haben wir uns nun hieher
gesetzt, in die Wildniß, haben Tag und Nacht gearbeitet,
haben Mühe und Gefahren ausgestanden, Hunger und
Durst, Hitze und Kälte. Und für wen? Hier sitzen wir allein,
verlassen, kinderlos, trostlos, betend, und weinend,
fluchend und ächzend. Nichts hilft, Alles umsonst. Nein,
ich werde noch wahnsinnig! Wenn er todt wäre! Wenn er
hinten unterm Hügel an der Seite seiner Brüder und
Schwestern läge, ich wollte nichts sagen. Gott hat ihn
gegeben, er hat ihn genommen! Aber Allmächtiger!

Der Mann stieß einen Schrei aus, so fürchterlich, so
grauenerregend, daß Weiber und Kinder der Neger zur
Thüre hereinstürzten, und Gabel und Messer unsern
Händen entfielen. Wir sahen ihn sprachlos an.

Gott allein weiß — fuhr er fort, und sein Haupt sank auf
seine Brust; plötzlich richtete er sich jedoch auf und
schüttete ein Glas nach dem andern hinab.

Und wie trug sich dieser schreckliche Diebstahl zu?
fragten wir.

Das Weib, sprach er, kann's euch sagen.

Sie war von der Tafel aufgestanden und dem Bette
zugeschwankt, auf welches sie sich schluchzend und
heulend setzte. Es war wirklich eine erschütternde Scene.
Der Doktor sprang auf und führte sie wieder zur Tafel; wir

blickten auf sie, ängstlich Aufschluß über das ungeheure Verbrechen erwartend.

Gestern waren es vier Wochen, begann sie; Mister Clarke war in dem Busche, ich war im Wälschkornfelde den Leuten nachzusehen, die Kolben einsammelten. Ich blieb ziemlich lange bei den Leuten; die Sonne wies bereits auf eilf; der Morgen war aber so schön, wie er je auf das Missisippithal geschienen, und ihr wißt, die Leute arbeiten nicht gern, wenn sie es anders können, und so blieb ich denn. Dachte dann, mußt wohl nach Hause gehen und das Mittagsmahl für die Leute kochen, und so ging ich denn. Ich weiß nicht; aber als ich so durchs Feld dem Hause zuging, war es mir, als ob mir's plötzlich zuriefe: Laufe was du kannst! und ich lief was ich konnte. Etwas kam über mich, etwas, gleich einer Angst, einer Furcht. Ich rannte so schnell ich konnte. Als ich zum Hause kam, sah ich Cesi[68], unsern schwarzen Buben, auf der Haussteige sitzen und allein spielen. Ich hatte aber noch immer keinen Gedanken an das, was kommen sollte. Ich ging ins Haus und in die Küche, ohne etwas Arges zu gedenken. Als ich mich so umsah um Kessel und Pfannen, fiel mir mein Dougl[69] ein. Ich ließ die Pfanne stehen und lief zur Thüre; da kam mir Cesi entgegen. »Missi!« sagte er, »Dougl ist weg.« »Dougl ist weg?« sagte ich, »wohin ist er denn, Cesi?« »Weiß nicht,« sagte Cesi; »er ist mit einem Manne weg, der auf einem Pferde gekommen.« »Mit einem Manne, der auf einem Pferde gekommen?« sagte ich. »Um Gotteswillen, wohin kann er denn gegangen sein? Was ist denn das?« »Weiß nicht,« sagte Cesi. »Und mit wem ist er denn gegangen, Cesi?« sagte ich. »Ging er freiwillig?« »Nein, er ging nicht freiwillig,« sagte Cesi; »aber der Mann sprang von seinem Pferde, hob Dougl zuerst darauf, setzte sich dann hinter ihn und ritt weg.« »Ritt weg?« sagte ich, »und du kennst den Mann nicht?« »Nein, Missi!« sagte Cesi. »Erinnere dich, Cesi!« schrie ich, »um Gotteswillen, erinnere

dich, kennst du den Mann nicht?« »Nein,« sagte Cesi, »ich
kenne ihn nicht.« »Hast du nicht aufgemerkt, wie er aussah,
Cesi?« sagte ich; »war er schwarz oder weiß?« »Ich weiß
nicht,« sagte Cesi. »Hast du ihm nicht ins Gesicht gesehen,
Cesi?« fragte ich. »Er hatte ein rothes Flanellhemd vor'm
Gesicht,« weinte Cesi. »Weißt du denn nicht, wie der Mann
aussah, lieber Cesi?« »Er hatte einen Rock und ein Pferd,«
sagte Cesi. »Weißt du nicht den Namen des Mannes, Cesi? —
war es Nachbar Symmes, oder Banks, oder Medling, oder
Barns?« — »Nein,« weinte Cesi.

[68]: Cesi, Diminutiv von Cäsar, ein gewöhnlicher Name von Sklaven und Pferden.

[69]: Dougl, Diminutiv von Douglas.

Gerechter Gott! schrie ich, was ist das? Was ist aus meinem armen Kinde geworden! Ich lief vorwärts, ich lief zurück; ich lief in den Busch, ich lief auf die Felder; ich schaute, ich rief. Je länger ich rief, desto größer wurde meine Angst. Zuletzt rannte ich zu den Leuten und holte die Mutter des Cesi. Ihr, dachte ich, wird er es vielleicht sagen, was aus meinem Kinde geworden. Sie lief herein mit mir; sie fragte den Buben, wie der Mann aussah. Sie versprach ihm Pfefferkuchen, neue Hosen, eine neue Jacke, Alles in der Welt — der Bube weinte, konnte aber nichts mehr sagen. Dann kam Mister Clarke. So weit das Weib.

Als ich hereinkam, fuhr der Mann fort, war der Schrecken des Weibes so groß, daß mir auf der Stelle einleuchtete, daß es ein Unglück gegeben. Aber an so etwas hätte ich in meinem Leben nicht gedacht. Als sie mir das Ganze erzählt, sagte ich ihr, um sie zu trösten, daß irgend einer unserer Freunde oder Nachbarn den Buben mit sich genommen; aber ich selbst glaubte es nicht; denn welcher meiner Nachbarn würde sich eine so dumme Freiheit mit meinem einzigen Kinde wohl erlaubt haben? Ich würde ihm wahrlich nicht gedankt haben für ein solch einfältiges Wesen. Ich nahm Cesi noch einmal vor, und fragte ihn, wie der Mann aussah; ob er einen blauen oder schwarzen Rock angehabt? er sagte einen blauen; wie sein Pferd ausgesehen? braun, sagte der Bube; welchen Weg er genommen? diesen Weg, sagte der Bube, und deutete auf den großen Sumpf. — Ich sandte sogleich alle meine Neger, Männer, Weiber und Mädchen, rings herum zu meinen Nachbarn, um meinen Buben aufzusuchen, und ihnen zu sagen, was vorgefallen. Ich selbst nahm den Weg längs dem Pfade, auf welchem ich wirklich Pferdehufspuren fand. Ich folgte der Spur bis zur Bayou; dort verlor ich sie. Der Mann war mit seinem Gaule und meinem Kinde in ein Boot gegangen, hat vielleicht über den Missisippi gesetzt, ist vielleicht längs dem jenseitigen Ufer hinabgegangen — wo er gelandet, weiß Gott. Er mag vielleicht zehn, zwanzig, vielleicht funfzig, hundert Meilen unterhalb ans Land gegangen sein. Meine Angst wurde schrecklich; ich ritt auf Hopefield zu. Nichts war da von meinem Kinde gesehen oder gehört worden; alle Männer aber setzten sich auf ihre Gäule, um mir mein Söhnchen suchen zu helfen. Alle meine Nachbarn kamen, und wir suchten einen ganzen Tag und eine ganze Nacht. Nichts, nichts hatten wir gefunden. Niemand hatte meinen Buben gesehen, Niemand den Mann, der ihn weggeführt. Wir stöberten den Wald dreißig Meilen im Umkreise meines Hauses durch, setzten über den Missisippi, gingen hinauf bis nach Memphis und hinab bis nach Helena und dem Yazoofluß — nichts war zu sehen oder zu hören. Wir kamen zurück, wie wir ausgezogen waren: keine Spur, kein Zeichen. Als ich nach Hause kam, fand ich die Leute aus dem ganzen County vor meinem Hause. Neuerdings zogen wir aus, neuerdings durchsuchten wir den Wald. Ich hatte nicht Rast, noch Ruhe. Jeden hohlen Baum untersuchten wir, jedes Gebüsch; — Hirsche, Bären und Panther fanden wir in Menge, doch nicht meinen Buben. Am sechsten Tage meines verzweifelnden Lebens kehrte ich zurück. Mein Haus war mir zum Schrecken geworden; Alles verdroß mich, Alles ekelte mich an. Ich war zerfleischt, meine Knochen geschunden, aber mein Inneres litt tausendmal mehr als mein Leib. Ich war krank an Leib und Seele und lag im Bette, als am zweiten Tage nach meiner Heimkehr einer meiner Nachbarn zu mir kam, und mir meldete, daß er so eben in Hopefield von einem Manne von Muller County gehört, daß ein Fremder auf der Straße von New-Madrid gesehen worden, der der Beschreibung entspreche, die wir von dem Räuber meines Sohnes hatten. Der Mann sollte einen blauen Rock und einen braunen Gaul haben, und auf dem Sattelknopfe einen Knaben. Ich vergaß meine Krankheit, meine wunden Glieder; ich erhandelte mir sogleich einen frischen Gaul, ich hatte die meinigen zu Schanden geritten. Ich setzte dem Manne an demselben Tage nach, ritt Tag und Nacht, ritt dreihundert Meilen bis New-Madrid, und als ich in New-Madrid ankam, so sah ich mit Schmerzen den Mann und Gaul und das Kind. Es war nicht mein Bube. Es war ein Mann von New-Madrid, der von einem Besuche in Muller County mit seinem Sohne zurückgekehrt war. Wie ich heim kam, weiß ich nicht. Nicht weit von Hopefield fanden mich die Leute und brachten mich nach Hause. Ich war vierzehn Tage krank, und wußte nicht, was um mich her vorging. Meine Nachbarn hatten unterdessen die Anzeige von der gräuelvollen That in die Zeitungen setzen lassen, in alle Zeitungen von Arkansas, Tennessee, Missisippi, Missouri und Louisiana; ich war mit meinen Freunden Tausende von Meilen geritten — Alles vergebens! — — Nein! schrie er mit einem herzzerreißenden Stöhnen, wäre mein Kind mir vom Fieber entrissen, hätte ihn ein Bär oder Panther zerrissen: es würde mich schmerzen, bitter schmerzen; es war mein letztes Kind. Aber, barmherziger Gott, gestohlen! Mein Sohn, mein armes Kind gestohlen! — Der Mann schrie laut, sprang auf, rannte in der Stube herum mit gerungenen Händen und wie ein Kind weinend. Selbst das Weib war nicht so schrecklich vom Schmerze ergriffen.

Wenn ich an die Arbeit gehe, fuhr er schluchzend fort, so steht mein Dougl vor mir, und meine Hände hängen herab, so steif, so schwer, als wären sie von Blei. Ich schaue mich um und schaue mich um, aber kein Dougl ist zu sehen. Wenn ich zu Bette gehe, so stelle ich sein Bett vor's unsrige hin und rufe ihn — kein Dougl ist zu sehen. Dougl steht vor mir, ich mag schlafen oder wachen. Wollte Gott, ich wäre schon todt! Ich habe geflucht und gelästert, geschworen und gebetet, ich habe geweint und geheult, — es ist aber Alles vergebens. —

Ich habe manchen Leidenden gesehen, aber nie sah ich einen, dem das schmerzlichste Weh sich so tief ins Herz gegraben, wie diesem Hinterwäldler. Sein Leiden war wirklich gränzenlos. Wir bemühten uns, ihn zu trösten, ihm Hoffnungen einzuflößen; des Mannes Blick war starr; ich zweifle, daß er ein einziges unserer Worte vernommen. Uns selbst hatte Mitleiden mit seinem Zustande mit einer Gewalt ergriffen, die die Worte auf der Zunge erstickte. Wir brachen bald hernach auf, schüttelten die Hände des unglücklichen Ehepaares, und versprachen, alles Mögliche beizutragen, um dieser räthselhaften gräuelvollen That auf die Spur zu kommen, und ihnen wieder zu ihrem Kinde zu verhelfen.

———

Ich hatte oft des armen Vaters gedacht, und in Verbindung mit meinen Freunden mir alle erdenkliche Mühe gegeben, dieser Abscheulichkeit auf die Spur zu kommen; alle unsere Bemühungen jedoch waren vergebens. Dieser Kindesraub zirkulirte in den Zeitungen, wurde das Theegespräch jeder Familie; Belohnungen waren angeboten, Untersuchungen gemacht, aber auch nicht die mindeste Spur war entdeckt worden.

Sechs Wochen waren verflossen, als Geschäfte mich nach Natchez riefen, wo ich an einem heitern Januar-Nachmittage ankam. Ich hatte so eben das Dampfschiff verlassen, und ging in Begleitung einiger Bekannten von der untern Stadt den Lehmhügel hinan, der zur obern führt, als ein verworrenes Getümmel an unsre Ohren schlug. Auf der Höhe angekommen, sahen wir einen sich immer vermehrenden Volkshaufen vor dem Hause des Friedensrichters B—r. Wir eilten, zu sehen, was es gebe. Die Menge bestand aus den bessern Klassen von Natchez, Weibern, Männern, Kindern, aber vorzüglich den ersteren. Zugleich war in den Gesichtszügen eine Aengstlichkeit zu lesen, eine Theilnahme, die auffallend mit dem Tumult contrastirte, der sonst bei solchen Versammlungen zu hören ist. Ich bemerkte Mütter, die ihre Kinder mit einer instinktartigen Heftigkeit in die Arme preßten, und convulsivisch ihre Hälse umfingen, gleichsam als befürchteten sie, sie würden ihnen entrissen. Auf meine Fragen erfuhr ich, daß der Kindesräuber endlich entdeckt, oder vielmehr, daß ein Mann verhaftet worden, der des an Mister Clarke von Hopefield County begangenen Kindesraubes sich stark verdächtig gemacht. Ich war von Herzen über eine Nachricht erfreut, welche endlich Aufschluß über die so fürchterliche Verletzung der heiligsten Naturrechte zu geben versprach. Ich drückte mich vorwärts, aber die Frauen hatten eine so starke Stellung genommen, daß alle meine Bemühungen fruchtlos blieben. Es war ein allerdings für Frauen wichtiger Criminalfall; aber jedem von uns mußte die gräßliche Sicherheits- und Eigenthumsverletzung von unendlicher Wichtigkeit sein. Wir standen so nahe an zwei Stunden; die Menge mehrte sich, Niemand wich. Alle Fenster waren mit Köpfen vollgepfropft. Endlich öffnete sich die Thüre, und der Gefangene, in der Mitte von zwei Constables, hinter ihnen der Sherif, kam aus dem Hause, um in das Gefängniß abgeführt zu werden.

Das ist er, murmelten die Frauen mit hohler, heiserer Stimme und bleichen Gesichtern, auf den Mann deutend, als er durch die lebende Gasse hindurchgeführt wurde, und zugleich hielten sie ihre Kinder fester mit fieberhaftem

Krampfe. Und wahrlich, wenn das äußere Gepräge den innern Menschen verräth, so mußte dieses der Kindesräuber sein. Es war das abstoßendste Gesicht, das mir je vorgekommen; eine hündisch verstockte, stumpfsinnige, heimtückische Physiognomie, mit einem teuflisch-finstern hohnlachenden Ausdrucke. Man hielt unwillkürlich den Athem an, indem man in dieses Gesicht blickte. Seine grauen Augen waren auf die Erde geheftet; nur zuweilen schoß er einen Blick, in dem die Hölle sich spiegelte, auf die Anwesenden, wie sie ihre Kinder fest in den Armen hielten. Beim ersten Anblicke sah man, daß er ein Irländer war. Er war etwas über Mittelgröße, seine Gesichtsfarbe schmutzig grau, seine Wangen hohl, seine Lippen ungewöhnlich groß; der ganze Mensch ekelhaft, wild aussehend. Seine Kleidung bestand aus einem abgetragenen blauen Fracke, eben solchen Beinkleidern, einem hohen runden schäbichten Hute und sehr zerrissenen Schuhen. Der Eindruck, den sein Erscheinen hervorbrachte, schien sich in den erblassenden Gesichtern der Menge zu malen. Alle sahen ihm mit einem langen, verzweifelnd hoffnungslosen Blicke nach, als er dem Gefängnisse zuging. »Wenn dieser Mann das Kind gestohlen hat,« murmelten mehrere, »dann ist es verloren.« Ich eilte nun, den Friedensrichter zu sehen, der mir folgende Aufschlüsse gab.

Beiläufig vier Wochen nach unserer Excursion in der Grafschaft Hampstead hatte Mister Clarke ein Schreiben erhalten, das mit dem Namen Thomas Tutti unterfertigt, und das Postzeichen von Natchez am Couverte hatte. Der Vater wurde darin benachrichtigt, daß sein Kind am Leben sei, daß Schreiber des Briefes von seinem Aufenthalte wisse, und daß, wenn er, Mister Clarke, eine Fünfzig-Dollars-Banknote in seiner Antwort einschließen wolle, der Verwahrungsort des Kindes ihm angezeigt werden solle. Der Schreiber verlangte ferner, daß Mistreß Clarke allein, ohne

Begleitung, an dem zu bezeichnenden Orte erscheine, daß sie zweihundert Dollars mehr mit sich bringe, und daß nach Bezahlung dieser Summe ihr Söhnchen ihr ausgeliefert werden solle.

Der bejammernswerthe Vater hatte kaum diesen Hoffnungsstrahl erhalten, als er auf den Rath seiner Freunde und Nachbarn ein Schreiben an den Posthalter zu Natchez absandte, in welchem dieser von dem Vorgange unterrichtet und zugleich aufgefordert wurde, die Person anhalten zu lassen, die um die Antwort anfragen würde. Vier Tage nach Erhalt dieser Aufforderung kam auch wirklich der oben beschriebene Irländer an das Postbüreau-Fenster, und erkundigte sich, ob kein Brief unter der Adresse »Thomas Tutti« angekommen wäre. Während der Posthalter den Mann unter dem Vorwande aufhielt, daß er unter den Briefen nachsehen wolle, sandte er um den Constable, der, bereits von dem Falle unterrichtet, sogleich herbeieilte und den Anfrager in Verwahrung nahm. Es ergab sich bei der Examination, daß er sich einige Zeit in und um Natchez aufgehalten und bemüht hatte, eine Schule zu errichten. Da er jedoch keine Auskunft von seinem frühern Thun und Treiben geben konnte, sein Betragen auch sonst höchst auffallend und verdächtig erschienen, so war ihm sein Vorhaben nicht gelungen, und die Wenigen, die ihm ihre Kinder anvertraut, hatten sie bald wieder zurückgenommen. Damals nannte er sich Thomas Tutti. Nichts desto weniger läugnete er, daß dieses sein eigentlicher Name sei, oder daß er den Brief abgesandt, der allerdings von einer geübten, wenn auch nicht schulmeisterlichen Hand geschrieben zu sein schien. Aus dem Verhöre erhellte es ferner, daß er vollkommen mit den Pfaden und Wegen zwischen Natchez und Hopefield, und der von letzterem Orte zu der Wohnung des Vaters führenden Straße, so wie den Bayous, Sümpfen und Flüssen und ihrer Tiefe und

89

Schiffbarkeit bekannt sei. Es war hinlängliche Evidenz vorhanden, und er wurde auf das Factum, daß er um die Antwort auf das Geld erpressende Schreiben angefragt, den Gerichten überantwortet, was zu gleicher Zeit dem Vater des geraubten Kindes kund gethan wurde.

Nach fünf Tagen kam der unglückliche Vater mit dem Negerknaben. Die ganze Stadt bezeugte dem tiefgebeugten Vater die innigste Theilnahme. Man schritt zu einem zweiten Verhör; alle Anwälde waren zugegen und hatten ihre Dienste unentgeldlich angeboten. Man nahm die früheren Aussagen des Irländers zur Grundlage der gegen ihn sprechenden Evidenz, und bemühte sich, etwas Näheres über den Aufenthalt des Knaben aus ihm herauszubringen; aber allen Fragen setzte er ein hartnäckiges Stillschweigen entgegen. Der Negerknabe erkannte ihn nicht. Zuletzt gab er zu verstehen, daß bloß die Hoffnung, Geld vom Vater herauszulocken, ihn zum Schreiben des Briefes vermocht habe. Kaum war jedoch diese Aussage zu Protokoll genommen, als er sich mit einem teuflischen Hohnlachen zum Vater wandte und ihm zuflüsterte: Ich will euch doch noch elender machen, als ihr mich zu machen im Stande seid. Zugleich bedeutete er ihm, daß er an einem gewissen Orte die Kleider seines Sohnes finden würde.

Der Vater reiste mit einem der Constables an den bezeichneten Ort, fand richtig die Kleider, und kehrte nach Natchez zurück. Der Beschuldigte wurde neuerdings vor die Schranken geführt, und versicherte nach vielen Widersprüchen, daß das Kind noch am Leben, wenn man ihn aber länger im Gefängnisse behalten würde, dem Hungertode ausgesetzt sei. — Nichts in der Welt konnte ihn bewegen, auch nur eine Sylbe für weitere Aufklärungen von sich zu geben.

Die Quarter-Sessions waren mittlerweile herangekommen.

Eine ungeheure Menschenmenge hatte sich versammelt. Man hatte Alles aufgeboten; Verheißungen, Versprechungen von Freiheit, und selbst die ausgesetzte Belohnung wurde ihm zugesichert — der Mann schwieg. Es waren starksprechende Vermuthungen, aber immer noch kein Beweis für seine Theilnahme am Raube vorhanden. Die aufgeklärtesten Anwälde waren der Meinung, daß der verzweifelte Mensch, von Noth getrieben, Gelderpressung durch sein Schreiben beabsichtigte. Für dieses Verbrechen und als Vagant wurde ihm eine mehrmonatliche Gefängnißstrafe zuerkannt.

Dieser Ausspruch war weit entfernt, den Richtern selbst oder den Anwälden zu genügen. So milde sind jedoch die Gesetze, die die freien Bürger dieses Landes sich selbst gegeben, so human der Geist der Auslegung, daß man auch dem verzweifelten ausländischen Bösewichte nicht ihrer Begünstigung berauben konnte oder wollte, so sehr sich das Innerste eines Jeden gegen eine solche Begünstigung empörte. Es war wirklich etwas so Höllisches in dem finstern Hohnlachen dieses Mannes, die Lust, die er an den Qualen des Vaters und der Menge zu empfinden schien, so wahrhaft teuflisch, daß man sich eines kalten Schauders bei seinem Anblicke nicht erwehren konnte. Die kaltesten Anwälde versicherten, ihre Brust sei beengt, und sie fänden weder Worte noch Gedanken. Es war mit einem Worte ein allgemeines Gefühl des Schrecks und Schauders. Die Bewohner von Natchez, besonders der Oberstadt, sind eine sehr achtbare Klasse von Menschen, mit einem hohen Grade von politischer und intellectueller Bildung, allein bei dieser Gelegenheit riß ihre Geduld, und ihr warmes Gefühl verleitete sie zu einer Handlung, die nur das Scheußliche dieses Verbrechens entschuldigen konnte. Ohne vorläufige Uebereinkunft versammelten sie sich in der Nacht vom 31. Jänner, mit dem festen Vorsatze, für dieses Mal die Milde der Gesetze hintan zu setzen und einen wirksamern Versuch mit dem Gefangenen zu machen. Einige der angesehensten Einwohner nahmen ihn aus seiner Zelle, während mehrere starke Neger mit Rindssehnen versehen wurden. Diese nun wurden auf ihn in Anwendung gebracht. Mit jedem Hiebe schien die Kraft des Schlagenden zuzunehmen. Eine lange Zeit beobachtete der Gefangene ein hartnäckiges Stillschweigen; der Schmerz jedoch wurde zu groß, und er versprach ein volles Bekenntniß.

In einem Hause beiläufig fünfzig Meilen oberhalb Natchez am Missisippi, so lauteten seine Worte, lebt eine Familie, deren Oberhaupt im Stande ist, den Verwahrungsort des Knaben anzugeben. — Der Sherif war natürlicher Weise während dieser Execution abwesend gewesen und hatte sie ignorirt, ohne sie zu mißbilligen. Kaum hatte er jedoch die Wirkung dieses illegalen Einschreitens erfahren, als er noch in der Nacht mit dem Vater nach dem bezeichneten Orte aufbrach. Er kam daselbst am folgenden Mittage an, fand eine sehr achtungswerthe Familie von Hinterwäldlern, die wohl von dem begangenen Raube, aber weiter auch nichts wußten. Die bloße Zumuthung der Theilnahme an der Gräuelthat schien die ehrlichen Hinterwäldler aufs tiefste zu verletzen. Der Gefangene hatte, wie es schon so oft geschehen, wieder sein Spiel mit ihnen getrieben.

Die gespannte, so oft getäuschte Hoffnung hatte den armen Vater aufs Krankenlager geworfen. Er lag mehrere Tage im Kampfe zwischen Leben und Tod. Das Publikum war müde, erschöpft; der Schmerz erschlafft. Die Strafzeit des Gefangenen war mittlerweile verlaufen. Es war während dieser Zeit Alles aufgeboten worden, den Bösewicht zu einer Mittheilung zu bewegen; nichts als stumpfsinniges Hohnlachen war die Antwort gewesen. Man konnte ihn nicht länger festhalten, und in Bezug auf den Kindesraub wurde er auf das Noli prosequi freigelassen. Dem Vater war gerathen worden, sich, wo möglich, noch einmal mit ihm ins Vernehmen zu setzen. — Beide Eltern warfen sich dem Ungeheuer zu Füßen, der verstockt sein Auge wegwandte, und höhnisch dem Vater zuflüsterte: Du hast mich elend machen wollen, sei du es nun. Der unglückliche Mann sprang auf und bedeutete dem Entlassenen, daß er ihm folgen müsse. Sie setzten über den Missisippi. Hinter Concordia angekommen, beschwor der Vater nochmals den Irländer, ihm um Gotteswillen den Verwahrungsort seines Sohnes zu sagen, ihm drohend, wenn er es nicht thun würde, sollte er nicht lebend aus seinen Händen kommen. Der Irländer fragte, wie lange er ihm Zeit geben wolle. Sechs und dreißig Stunden war die Antwort. Eine Weile ging der Elende neben den Eltern in tiefen Gedanken versunken, dann, plötzlich auf den Vater zustürzend, riß er diesem eine Pistole aus dem Gürtel und drückte sie ihm auf die Stirne ab. Die Waffe versagte; da sprang er auf ein Bayou zu, dem sie sich genähert hatten, und kaum war er im Wasser, als dieses über ihn zusammenschlug und er versank. Nach einer Stunde wurde seine Leiche gefunden. Von dem Söhnchen des unglücklichen Vaters wurde nie wieder etwas gehört.[70]

[70]: Ueber die so eben angeführte Thatsache, die sich zu Ende des Jahres 1825 zugetragen, findet man in allen Zeitungen des Missisippi-Staates ausführliche Berichte. Der Name des unglücklichen Vaters ist beibehalten.

Zu spät gekommen

oder

Scenen am Missisippi.

Endlich einmal tauchen sie auf, die heimathlichen Ufer, mit ihren gewaltigen Kränzen von Liveoaks[71], so herrlich umschlungen von beinahe mannsdicken Reben, in deren Schatten wir uns so oft ergingen. Cäsar wurde immer unruhiger, und überließ sich Freudenausbrüchen, welche die Hälfte unserer Schiffsgesellschaft vom Verdecke wegscheuchten. Das edle Thier hatte sich ungemein gut während der ersten acht Tage unserer Fahrt betragen; es war so müde; kaum konnte es ein Glied bewegen, als wir Florenz verließen. Nun hatte es sich wieder erholt, und seine Munterkeit fing an uns lästig zu werden. Bereits seit einer Stunde hatte ich ihn in seinem Verließe zu bewachen und ihm zu schmeicheln, sonst würde der Tollkopf sicher durchgebrochen sein, zum nicht geringen Schrecken zweier Damen, die, bis zum Kinn in ihren Shawls steckend, gewaltiges Aergerniß zu nehmen schienen. Mit Richards war nun nichts anzufangen, das sah ich deutlich. Seit dem frühesten Morgen war kein Wort aus ihm herauszubringen gewesen; auf das linke Ufer hinstarrend, schwelgte er bereits im Vorgefühle der Wonne, die seine Ankunft verursachen werde. Ein Besuch bei seinen Eltern hatte ihn nun über vier Monate von Hause und seinem reizenden Weibe entfernt gehalten. Er war noch nicht volle sechs Monate vermählt, als er abreiste. — Glücklicher Mensch! Welch ein süßes Gefühl ist die Heimath, dieser Ruheort für den Müden, dies Paradies seiner irdischen Freuden, wenn ein gleichgesinntes Wesen unserer Ankunft entgegenharrt, wenn ein zartfühlender Busen höher schlägt und lauter klopft, so wie unsere Fußtritte nahen! — Leider habe ich diese Freuden nie gefühlt. Meine Heimath haben Fremdlinge inne; bloß die kalten Herzen von Miethlingen und Sklaven warten meiner. Das Gefühl meiner Verlassenheit ergriff mich nie so bitter, so wehmuthsvoll, als in diesem Augenblicke; es war, als ob schneidende Schwerter durch mein Inneres zuckten. Cäsar brach neuerdings in ein wildes Toben und Stampfen aus. Selbst der hat eine Heimath; er hat sie nicht vergessen, die Eingangslaube von Chinabäumen, mit ihren leichten und glänzenden Blättern und den Tausenden ihrer Blüthen und Beeren, wie sie in der Morgensonne erglänzen, als ob sie von dem Athem eines Zauberers angehaucht wären. Und seine Grüße, sie werden von einer ganzen Koppel Hunde beantwortet. Es ist Aufruhr in der ganzen Pflanzung. Zuerst gucken ein paar rabenschwarze Wollköpfe hinter der Orangenlaube hervor und verschwinden eben so schnell; dann kömmt eine Heerde klaffender Hunde, die etwas zu wittern scheinen. Sie locken eine Truppe von Knaben und Mädchen herbei, die sich ohne weitere Umstände auf ihre Rücken pflanzen, und dafür tüchtig heruntergeworfen werden. Diesen folgen ihre erwachsenen Brüder und Schwestern, und endlich die ganze Sippschaft Japhets. Doch nun fliegt eines der lieblichsten Wesen durch die Thür und die Terrasse herab, dem Laubengange zu, augenscheinlich vom Dampfschiffe etwas erwartend. Sie scheint noch immer in Zweifel; man sieht es, mit welch reizender Ungeduld sie dem Boote entgegensieht, das zu langsam für das süße Weib sich nun dem Ufer zuwendet. Wie sie eilig hin und wieder trippelt, als wollte sie die Eile des Schiffes durch ihre

Bewegung beschleunigen, und ihm Schnellkraft geben. — Es ist Clara, das reizende Weib meines Freundes. Beneidenswerther Junge! Eine Thräne zittert in seinem Auge, als er diese reizende Hälfte seines Ichs und ihre reizendere Ungeduld ersieht. Dreimal war sie aus der Laube hervorgekommen; nun erscheint sie ein viertes Mal, dem Ufer zu- und wieder zurückeilend, und gleichsam schmollend über die unausstehliche Langsamkeit des Schiffes. Endlich hat es angelegt, die Brücke ist geworfen, und Richards rennt — fliegt aufs Ufer. Sie kann nicht widerstehen; sie eilt aus der Laube; ein Augenblick länger — und sie liegt in seinen Armen; zieht ihn jedoch — des Weibes Zartgefühl ist stets rege — verschämt ins Innere der duftenden Verborgenheit. Mein Auge folgte den Glücklichen, und flog dann über meine Reisegefährten, die still und beinahe ehrfurchtsvoll dem holden Bilde der Vereinigung zugesehen hatten. Selbst die rohen Schiffsleute schienen gerührt; kein grober Scherz, kein hämisches Lächeln entfuhr ihnen. Die reine eheliche Liebe zweier Neuvermählten hat etwas so rührend Zartes in sich, daß selbst gröbere Seelen sich ergriffen fühlen. Ich Verlassener stand wie ein armer Sünder da, schüttelte dann dem Capitain und meinen Reisegefährten die Hände, ordnete Cäsar und die Gig ans Ufer und folgte. Die treuen Hunde sprangen bellend und tobend um mich herum, gleichsam als erwarteten sie von mir, was ihnen ihr Herr im Drange seiner Liebe versagte, einen freundlichen Gruß. Und mit ihnen ein Dutzend Wollköpfe jeden Alters, vom zweijährigen Wechselbalge bis zum erwachsenen Mädchen; wie sie sich herandrängen, die kleinen Schelme, umherpurzeln vor Freude, und jauchzend aufspringen, um dann bittend ihre Hände emporzuhalten. Ich weiß, was sie wollen: ein Escalin[72] ist das ersehnte Ziel ihrer Wünsche. Sie soll ihnen nicht fehlen, die kleine Gabe, die sie einige Tage glücklich machen wird.

[71]: Liveoaks, Immergrün, Eichen; das beste, dauerhafteste und zäheste Schiffsbauholz, von der Marine der V. St. ausschließend benutzt.

[72]: Escalin, Schilling, 12½ Cents, so in Louisiana genannt.

Ja, glücklich ihr, die ihr das Herbe eurer Lage noch nicht fühlt, die ihr das Schreckliche des Fluches ewiger Sklaverei noch nicht empfunden habt! Und zweimal glücklich, wenn das Schicksal euch erlaubt, in harmloser Unwissenheit dem Tage entgegen zu harren, der auch euch in die Zahl freier Wesen versetzen wird. Ja, er wird kommen, dieser Tag, der uns gestatten wird, das zu versöhnen, was unserer Väter Machthaber an euch verbrochen haben.

Sonderbar, der Anblick der fröhlichen Wesen, die um mich herumgaukeln, hat mich ernst gestimmt. Es ist Zeit, meine Freunde zu sehen; doch die ersten Augenblicke des Wiedersehens sind so kostbar, so süß; ich muß noch warten. Wie Vieles mögen sie sich zu sagen haben, das dem Ohre des Freundes selbst verborgen bleiben muß! Ich steige die Treppe hinan, und verweile auf der Terrasse. Noch eine Weile. Ich nähere mich der Thüre. Beinahe scheint es mir, als ob ich überflüssig sei. Wieder halte ich. Endlich fällt meine Hand auf den Drücker, die Thüre geht auf. Ich sehe sie beide Arm in Arm verschlungen, ohne gesehen oder bemerkt zu werden. Ich will mich zurückziehen. Doch nein — solch ein Anblick ist nicht oft wieder zu sehen. Wie sie sich umschlungen halten! Es ist ein herrliches Paar. Er eine wahre Apollogestalt, mit einer Adlernase, feurig schwarzen Augen, in denen man sich nicht satt sehen kann, denn mit jedem Blicke sieht man tiefer in eine freie Seele, die ein wenig stolz und selbstbewußt, aber männlich und fest ist. Als er so da stand, sein Weib in seine Arme geschlossen, seine Lippen an die ihrigen gepreßt. — Sie das Modell einer Hebe, mit den sanften, weichen und doch so begehrenden, mädchenhaften Zügen, wie sie so stand, oder vielmehr hing in seinen

Armen, zu ihm aufblickend mit dem reizend vertrauenden Gesichte, ihr ganzes Wesen zitternd vor Freude und süßem Verlangen. Ich wollte, ich hätte sie nicht unterbrochen. Sie sahen mich jedoch nicht; sie hatten zuviel an sich zu sehen. Sein Auge schien nun etwas zu suchen; er blickte im Zimmer umher, und sie, mit Erröthen seine Hand fassend, führte ihn durch die Flügelthüren, durch die Polly so eben tanzte, einen kleinen Engel im Arme.

Der dreimal Glückliche! Er fiel über das arme Mädchen gleich einem Rasenden her, und bei einem Haare wäre ihr die süße Bürde entwischt. Er fing sie jedoch auf, hob sie in seine Arme, und nun begann ein Tanz im Zimmer, ein Tanz, den der trockenste Quäker lieblich gefunden haben müßte, vorausgesetzt, es schlage ein Herz an der linken Seite und kein Dollarbeutel. Wieder umschloß er sein Weib, und sofort überhäufte das liebliche Paar den jungen Bürger mit so ungestümen und zahlreichen Beweisen ihrer älterlichen Zärtlichkeit, daß er zuletzt in die lautesten Protestationen mittelst Zappelns und Weinens ausbrach.

Wenn je eine Scene mich mein Hagestolzthun bedauern ließ, und die Grundlage zu veränderten Gesinnungen wurde, so waren es diese funfzehn Minuten; denn volle funfzehn Minuten dauerte es, ehe mein werthes Selbst in Betrachtung gezogen wurde. Ich schüttelte noch die Hand Claras, als Mappa, der Leibkutscher beider Herrschaften, in die Stube trat. »Die Pferde sind angespannt,« meldete der schwarze Squire.

Du weißt noch nicht, lispelte sie, daß sie heute in der Helen Mc Gregor (Name eines Dampfschiffes) nach dem Norden aufbricht. Ich war so eben im Begriffe, ihr Lebewohl zu sagen; doch deine Ankunft änderte dies, und sie wird entschuldigen, wenn sie hört —

Sie wird nicht, versetzte Richards; nein, wir müssen sie

sehen. Sie würde es uns nie verzeihen.

Aber du bist so müde.

Wie sollte ich auch. Ich komme so eben vom Dampfschiffe, und wenn ich's wäre, so würde dies mich keineswegs abhalten, die Busenfreundin meiner Clara zu sehen, der ich so vieles verdanke.

Ja, und einen besorgten Anwald hattest du, drohte sie mit ihrem Finger, und hätte sie nicht ewig von dir geschwatzt, der Himmel weiß, was geschehen wäre. Doch, fügte sie im leisern Tone hinzu, ich habe Gleiches mit Gleichem vergolten: sie ist versprochen.

Du schriebst mir von dem Plane der Tante, entgegnete Richards eben so leise. Ich hoffe jedoch, die Sache sei noch nicht so weit gediehen.

Sie ist es; — doch, du wirst hören. Ihr habt eine halbe Stunde zum Umkleiden, und eine andere zum Luncheon[73]; das Dampfschiff wird um vier Uhr erwartet.

[73]: L u n c h e o n, ein Imbiß, vor dem Mittagsessen genommen, besteht gewöhnlich aus kalten Speisen.

Und was mit Howard thun? wisperte er ihr zu; du kennst seine Abneigung gegen die Tante. Ich zweifle, daß du etwas in diesem Punkte ausrichtest.

Gegen die Tante aufgebracht? wisperte sie. Du machst mich staunen; das ist etwas ganz Neues. Und sie ist doch so ganz sein Bewunderer, beinahe sollte ich glauben, sie habe —

Da steckt der Haken.

Sie sann eine Weile nach, nickte zuversichtlich, und lispelte dann: Er muß mit. Und mit diesen Worten kam sie auf mich zugetrippelt. Ich hatte kein Wort von der

Unterredung verloren, und dachte: komme nur, du sollst mich so ledern finden, als wir Mister Shifty nassen Andenkens.

Sie sind doch von der Partie zur Tante? fragte sie mit dem einschmeichelndsten Lächeln, während sie meine Hand ergriff.

Nicht für diesmal, war meine Antwort; ich bin froh, daß wir im Hafen eingelaufen sind.

Selbst dann nicht, wenn ich Sie einer Schönheit zuführe, einer Schönheit, die Verstand hat, Verstand wie ein gewisser Mister Howard?

Danke für das Compliment; es ist ein armseliges.

Es sind ja bloß vier Meilen.

Zuviel, wenn es nur so viele Ruthen wären.

Wie Sie doch so nüchtern und amphibiös sein können. Ein wahrer Hagestolz. Wollen Sie selbst dann nicht gehen, wenn ich Ihnen sage, wem ich Sie zuführe?

Nein, meine schöne Dame.

Ihre Hartnäckigkeit ist wirklich impertinent. Wollen Sie selbst nicht gehen, um Emilie Warrens zu sehen?

Sie gehen, Emilie Warrens zu sehen? fiel ich ziemlich rasch ein. Wie? ich dachte, sie wäre in New-Orleans?

Der Wind ändert sich erstaunlich, bemerkte Clara trocken, ihrem Manne sich zuwendend.

Ich sah darein, als hörte ich sie nicht; aber die Lockspeise hatte gefangen. Und war es ein Wunder nach den Scenen, die ich so eben gesehen? Richards hatte von eben dieser Emilie stets in so hoher Begeisterung gesprochen; er, der so kühl, so gemäßigt, so geizig in seinem Lobe war, wenn es dem zweiten Geschlechte galt. War es ein Wunder, wenn meine Neugierde, mein Interesse aufgeregt waren? Aber dann die unglückselige Mistreß Houston mit ihrer verfolgenden — Liebe kann ich's nicht nennen. Dieses langbeinige Ding, hager, mager, mit Armen und Beinen wie ein Hochländer, und hervorragenden Backenknochen; eine leibhafte Clansgenossin; dabei flach wie unsere Breithörner oder Flachböte. Sie ist das unausstehlichste Wesen, das je in Petticoats[74] gesteckt; das Beste an ihr sind noch ihre fünf und vierzig Jahre. Freilich hat sie einige gute Seiten: sie ist sehr reich, sehr respectabel, wie es sich von selbst versteht, und sehr rationell, einen einzigen Punkt ausgenommen: ihre Baumwolle ist beinahe sea islands[75]. Aber ihre armen Neger! Potemkin übte nicht größere Zwingherrschaft über die bärtigen Subjekte Ihrer Moskowitischen Majestät aus, als der gallsüchtige Mister Twang über die Körper dieser armen Teufel. Und dann ihre Züge, besonders wenn sie sich in Haß oder Hohn falten, wenn ihr ein armer Wicht zur unrechten Zeit unter die Augen tritt. Ihr ganzes Wesen verräth dann Abscheu; es ist häßlich, beinahe grausig. — Und in diesen Händen ist Emilie? fragte ich mich zehnmal. Ich war vorzüglich ihr zu Liebe nach Hause zurückgekehrt; sie hatte meine Neugierde zu kitzeln angefangen, und nun ich sie kennen lernen sollte, ist sie wieder auf dem Sprunge, in die weite Welt zu segeln. Mir war nicht wohl zu Muthe. Mädchennarr, wie ich war, es ahnte mir, ich sollte zuletzt leer ausgehen. Ich sann und sann, ganz vergessend, daß Richards und seine Frau schon fünf Minuten vor mir standen, sich bedeutsame Blicke zuwerfend. Ich sehe wohl, sprach sie mit einem sonderbar spitzen Lächeln, daß Sie nicht zu bewegen sind.

[74]: Petticoats, Unterröckchen; weibliche Kleidung überhaupt, scherzweise genannt.

[75]: S e a islands, die berühmte Baumwolle der Inseln
Georgiens.

Je nun, um Sie zu verbinden, will ich mit; doch, aufrichtig
gesagt, bloß um Sie zu verbinden.

Es wäre wirklich unzart, ein so großes Opfer von Ihnen
zu verlangen, erwiederten die ehelichen Verbündeten mit
einem Gelächter, das mich so ziemlich als einen Hasenfuß
bezeichnete.

In einer halben Stunde waren wir mit unserer Toilette
fertig, in einer zweiten war das Luncheon genommen; und
dann setzten wir uns, besiegt von der weiblichen
Diplomatie, in den Wagen.

In einem Wagen mit einem kaum zwölf Monate
verbundenen und sich herzlich liebenden Paare zu sitzen,
das sich die letzten vier Monate nicht gesehen hat, ist eben
nicht sehr zeitvertreibend. Die jungen Leute haben sich so
viel zu sagen, so viele Geheimnisse zuzuflüstern, kurz,
selbst die philanthropischsten sind so haushälterisch mit
jeder Sekunde, so selbstsüchtig, daß einem Dritten kaum
etwas anderes zu thun übrig bleibt, als — nichts zu thun,
und eine stumme Rolle zu spielen. Ich konnte mich selbst
nicht an meinen jungen Mitbürger halten, der in Polly's
Armen lag, da er so oft hin und wieder passirte, daß es
vergeblich gewesen wäre, mich mit ihm befassen zu wollen;
so war ich denn gezwungen, meine Aufmerksamkeit in's
Weite, nämlich auf den Missisippi, zu richten.

Ja, es ist ein großartiger Anblick dieser Missisippi zu allen
Zeiten, aber besonders, wenn er, wie jetzt, bis an den Rand
gefüllt ist. Man behauptet, er sei hier am tiefsten, und ich
bin selbst der Meinung; denn weiter unten sind die Bayous,
die einen bedeutenden Theil seiner Gewässer abführen. Der
Strom ist beiläufig zehn Fuß gestiegen, und die Strömung

102

äußerst schnell. Ich sehe ihn gerne voll, den majestätischen Vater der Flüsse, oder, wie ihn die Indianer nennen, den endlosen Strom[76], und empfinde stets ein gewisses Mißbehagen, wenn ich ihn im niedern Wasserstande mit seinen fünfzig bis sechzig Fuß hohen hohlen Schlammufern erblicke. Die Hitze wird jedoch drückend, und die Moschettos scheinen unser verdicktes Blut zu wittern; bereits die dritte hat mich gestochen. Wir haben eine dritte Pflanzung passirt. Ein herrlicher Anblick, dieses Haus mit seinen zwanzig Hütten, in einem Walde von China-, Tulpen-, Orangen-, Feigen- und Citronenbäumen begraben; besonders die ersten sind so lieblich anzuschauen mit ihren weißen Blüthen und gelblichen Beeren, die die ganze Baumkrone bedecken, und sich im Verlaufe weniger Wochen röthen, wo sie dann Millionen glänzender Rubinen gleichen, den Robbins zum Labsal, zum Verderben. Tausende dieser treuherzigen Thiere schwärmen dann und nisten an neblichten Herbstmorgen in dem Gezweige, und ertränken im Safte der Beeren ihre winzigen Sinne, und purzeln umher, und treiben närrisches Wesen, die lieblichsten Trunkenbolde, die man nur sehen kann. Als wir so am breiten Uferrande hinrollten, den Missisippi zur Linken, die weißen Zäune mit den unabsehbaren Cottonpflanzungen zur Rechten, im Rücken die colossalen Cypressen- und Cedernwälder, wurde mir beinahe schwindlich vom langen Dahinstarren, und Landhäuser, Felder und Wälder schienen dem mexikanischen Busen zuzufliehen. Die Stimme Richards weckte mich aus meinen Träumen; wir waren vor der Pflanzung der Mistreß Houston.

[76]: Diesen Namen verdient er gewissermaßen, da er, den Missouri mit eingeschlossen, über 4000 Meilen lang ist.

So werden wir denn dieses Wunder weiblicher Vollkommenheit sehen, der so viele Huldigungen dargebracht werden. Eine Reihe von wenigstens zwanzig glänzender London-Gigs, mit einer gleichen Anzahl von Reitpferden, halten im Hofe unter den Bäumen. Wir stiegen sofort ab, übersahen unsere Anzüge, setzten zurecht, was die kurze Fahrt unrecht gesetzt, und stiegen die Stufen hinan. Die Halle war voll von Bedienten, der Saal voller Gäste, die natürlich gekommen waren, der nordischen Schönheit Lebewohl zu sagen. Doch weder sie noch Mistreß Houston ist zugegen. Ich kann mich eines Lächelns nicht erwehren über die drollige Wichtigkeit, mit der die Frau meines Freundes nach der Thüre deutet, und dann mit einem herablassenden, beifälligen Lächeln hindurchschlüpft. Zugleich beginnt eine unendliche Ungeduld sich in mir zu regen. Nichts ist unausstehlicher, als auf den Fittichen der Sehnsucht herbeizueilen, jeden Augenblick verlangend zu zählen, und dann auf Geduld verwiesen zu werden, oder, was noch ärger ist, auf ein Dutzend alte Gesichter, die wir ohne Herzeleid achtzehn Monate entbehrt haben, und denen wir nun recht freudestrahlend in die Augen sehen und ihnen eine halbe Stunde hindurch wiederholen müssen, wie sehr es uns freue, sie zu sehen, und wie das Wetter so schön sei. Doch es läßt sich nicht vermeiden, und so beginnen wir denn ganz gemächlich unsere Tour in der Runde, zuerst bei den Damen, wie es sich von selbst versteht, und dann bei den Herren, in echter Yankeemanier. Ich hatte so das zehnte Individuum abgefertigt, als Richards auf einmal meine Hand erfaßte und mich einem ältlichen Gentleman zuzog, der am obern Ende des drawing room stand. Unglücklicher Weise war die Ceremonie des Aufführens so schnell vor sich gegangen, daß ich den Namen der werthen Personnage ganz überhört hatte. Er war sehr erfreut, lautete seine Formula, die Bekanntschaft eines Mannes zu machen, von dem seine Freunde so viel Rühmliches erwähnt.

Ich verbeugte mich pflichtschuldigst; meine Verbeugung mußte aber sehr steif ausgefallen sein. Ich sah mich nach Richards um; er war verschwunden. Ich blickte den Gentleman an, er mich, und so verwirrt war ich, daß ich kein Wort finden konnte. Ich weiß nicht, was es war, das mir jedes Wort an die Zunge kleben machte; so verwünscht steif und starr und stattlich und abgemessen stand er vor mir; ein spanischer Grande war ein französischer Tanzmeister im Vergleiche. Und diese ernsten, trockenen, scharfen Gesichtszüge, diese spitze Nase, mit den blauen, tiefliegenden, starr fixirenden Augen, — sie scheinen ins Innerste zu bohren. Es lag etwas Gutmüthiges, aber zugleich etwas unbezwingbar Starres darin. Ein Yankee der alten Schule, ganz wie er leibt und lebt. — Ich muß recht erbärmlich vor ihm gestanden sein, da ich, statt Antwort zu geben, sein ganzes Gestelle abmaß, als wollte ich ihn aufnehmen, — auf seine gepuderten Haare, den Haarzopf, die seidenen kurzen Unterbeinkleider herabsah, die Schuhe mit den goldenen Schnallen musterte, und mir doch kein Sterbenswörtchen einfiel. Ich wollte bereits um Vergebung bitten, seinen Namen überhört zu haben, als Ralph Doughby seine Hand auf meine Schulter legte. Beinahe hätte ich es ihm Dank gewußt, so wenig ich übrigens den gar zu derben Schwenkflügel leiden mochte. Ehe ich mich umsah, hatte der Mann seine Verbeugung gemacht, und mich, den Tropf, so mußte er nothwendig denken, stehen gelassen. So geht es acht und zwanzigjährigen Hagestolzen, die auf die Mädchenschau ausgehen. Ich hatte ein wenig Mühe, den Hasenfuß, ich meine Doughby, aus seinem zwölf Zoll hohen Halskragen und dem Carterschen Fracke und Pantalons herauszufinden, mit denen er sich während seiner Newyork-Tour ausgerüstet. Bei dem kommen die Flegeljahre ganz verkehrt; gewöhnlich fangen sie mit achtzehn bei uns an, und enden mit vier und zwanzig. Wer hätte aber das an unserm Doughby vermuthen sollen, als er noch vor zwei

Jahren steif und bedächtlich mit der Peitsche hinter seinen armen Negern einhertrabte? selbst einen Aufseher zu halten, war er zu knauserig. Und nun ist er einer unserer Fashionables in echter Ober-Missisippi-Manier, der seine zehn Gläser Sling oder halb so viele Bouteillen Chambertin aussticht, sein Ecarté mit Grazie bis Mitternacht spielt, und mit derselben Grazie einen Wollkopf zu Boden schlägt. Es scheint, er hat sich recht methodisch zum Lebemann vorbereitet, und physische und moralische Kräfte gesammelt, und nun gilt er für einen unsers Gleichen; denn er hatte die Klugheit, zusammenzuhalten, bis seine Batzen vollzählig waren. Ich möchte nur wissen, ob er auch gekommen ist, Emilie Lebewohl zu sagen. Sollte sie an seiner Bekanntschaft während ihres Hierseins Geschmack gefunden haben? Das wäre gerade keine besondere Empfehlung für ihren Sagacitätssinn. Es muß etwas dergleichen sein; der gute Ralph ist wie zu Hause.

Der Gedanke fing an mich allmälig zu drücken, während ich meinem Nachbar, der jedoch glücklicher Weise hundertfünfzig Meilen von mir wohnt, über seine vortheilhafte Metamorphose mein Kompliment machte. Und der Ignoramus nimmt es für baare Münze, und wirft sich auf, und geruht beinahe protegirend zu werden. Gott sei Dank, er geht; doch was nachkömmt, ist nicht besser. Ein ganzer Schwarm Politiker, denen die letzte Gouverneurs- und Präsidentenwahl die Rechnung verdorben hat. Die guten Leute sind steif der Meinung, daß unsers Louisianas Ehre dahin ist, wenn nicht einer aus ihnen das Ruder führt. Auf die armen Creolen sind sie schlimm zu sprechen. Ich war eben daran, meine nagelneuen politischen Entdeckungen den Herren zum Besten zu geben, als plötzlich die Flügelthüren sich öffneten, und ein Zug von Damen hereinschwirrte. Zuerst eine unbekannte Gestalt am Arme Claras, dann Mistreß Houston und Compagnie. Doch diese Unbekannte, sie ist zweifelsohne Emilie; was will aber dieser Doughby bei ihr? Er poltert auf sie zu, als ob sie bereits die Seinige wäre. Und sie? Wahrlich, ich weiß nicht, wie mir wird. Ist es Ueberraschung, oder Eifersucht auf Doughby; aber es wird mir grün und gelb vor den Augen. Sie verbeugt sich zur Gesellschaft und spricht mit dem steifen Gentleman; jetzt wendet sie sich zu mir. Mein Gott! Mistreß Houston steht diese halbe Minute vor mir und erkundigt sich nach meinem Befinden; ich starre auf Emilien, und, was schlimmer ist, brumme der Dame in ihrem eigenen Hause zu: »Ich bin sehr erfreut, Sie zu sehen.« Wohl, wenn die nicht den Staar hat, dann wird es saubere Geschichten geben; denn auf die Zungenspitze dieser personificirten chronique scandaleuse zu gerathen, und die Tour unserer zwölfhundert Zeitungen zu machen, ist eins und dasselbe. Und noch dazu schiebe ich sie höflichst auf die Seite, um mir nicht die Aussicht auf Emilien zu verderben, die, wie ich bemerke, auf mich zuschwebt. Ja wohl schwebt sie; ihr Schritt ist so leicht, beinahe tanzend, und doch so fest und bestimmt. Keine Ziererei, nicht der mindeste Zwang in ihren Bewegungen, die zarteste Lebendigkeit und doch die bescheidenste Grazie. Ihr Wuchs ist etwas über die Mittelgröße, die Gestalt ein Modell der Symmetrie, so schlank und doch so abgerundet, so elastisch und so ätherisch. Und diese prachtvollen, tiefblauen Augen, die einen mit solch wunderbarlichem Vertrauen anblicken, gleichsam als wollten sie sagen: ich weiß, du bist mir gut. Diese Augen, die so zuversichtlich und doch wieder so prüfend auf Einem ruhen, gerade lang genug, um ihn zu überzeugen, daß er eines längern Blickes würdig erachtet, und doch wieder nicht lange genug, um Hoffnung einzuflößen; der wahrhaft mädchenhafte, reine Ausdruck dieser Augen, der von dem bezauberndsten Glanz so unmerklich in sinnenden Ernst verschmilzt — ich werde sie nie vergessen. Und dieser Teint so rein, die Rosen auf

Liliengrunde. Es ist das frischeste, lieblichste, verständigste Gesicht, das mir je vorgekommen ist. Ja, sie ist wirklich ein reizendes Mädchen; nie sah ich ein so offenes und wieder so intellektuelles Wesen. Das Gesicht ist eines Lebensstudiums werth. — Sie spricht mit Richards und seiner Frau, ihre Hände in die ihrigen verschlungen. Wir haben lange und verlangend auf Sie, Harry, gewartet, lispelte sie, während ihre Augen in sinnendem Ernste auf ihn gerichtet waren.

Ich hoffe, ich bin nicht zu spät gekommen, erwiederte Richards.

Sie gab keine Antwort; aber diese funkelnden Augen schienen feucht zu werden, sie schienen zu sagen: ja wohl zu spät.

Wenn ich zu spät gekommen, dann bist du Schuld daran, sprach Richards, sich zu mir wendend.

Ich war einem Träumenden gleich da gestanden. Ich hörte nicht, ich sah nicht, nur abgebrochene Schalle drangen in mein Pericranium.

George ist wieder einmal in seinen Träumen, sprach Richards, meine Hand mit seiner Linken ergreifend und mich näher zu dem Kreise ziehend. Ich blickte auf; sie stand vor mir im unaussprechlichen Reize.

Hast du die schweren Klagen wohl gehört, die so eben gegen dich erhoben wurden? fragte er. Die zweihundert Meilen, die ich zweimal zu fahren hatte, dich von deinen Wanderungen aufzulesen und wieder heimzuführen, dürften leicht Herzenswehen verursachen.

Herzenswehen? fragte ich, und wer fühlt diese?

Das Auge Emiliens ruhte auf mir. Herr Howard, sprach sie, hat wirklich Ursache, stolz auf die Liebe und Achtung seiner Freunde zu sein.

Die ersten Worte, die sie an mich gerichtet. Aber welche Stimme, welche Töne! Was sind Garcias Töne gegen diese? Und dieser Mund, wie himmlisch er sich öffnet! Und diese Reihen von Perlenzähnen! Ich konnte mich nicht satt genug an ihr sehen. Ich hätte Vieles gegeben — und ich gebe nicht gern — diese Zähne noch einmal zu sehen; doch der Knall zweier Gewehre ließ sich nun hören und das Geheul der Neger. Das Dampfschiff! rief Mistreß Houston mit ihrer klaffenden Stimme. Das Dampfschiff! wiederholte ich in Verzweiflung. Die alte Dame warf einen höhnisch triumphirenden Blick auf mich. — Emilie! sprach ich, und die Worte erstarben mir auf der Zunge, Emilie! und zu gleicher Zeit preßte ich wüthend ihre Hand. Sie blickte mich gleichsam verwundert an; sie mußte in meinem Gesichte gelesen haben, was in meinem Innern vorging. Und nun die verwünschte Helen Mc Gregor, wie eine Anaconda zischend; sie ist bereits zu hören wie das Brüllen der Neger. Und die gellende Mistreß Houston — wahrscheinlich, um mir die Qualen des Abschiednehmens so viel wie möglich zu verkürzen! — Doch, was hat dieses zu bedeuten? Ralph Doughby rollt mit ihr einen Shawl auf, schiebt den alten gepuderten Gentleman auf die Seite, wie er es mit einem Cottonballen thun würde, und wirft das Seidentuch Emilien über die Schulter; er reißt beinahe die Spitzen von ihrem Halse. Das ist's also! da geht es hinaus! Wohl, ich weiß nun, woran ich bin, und ich bin herzlich froh. Was ist mir Emilie Warren? Ein schöner Traum und nichts mehr. Ich bin erwacht, und hoffe auch dieses zu überstehen; es ist nicht meine erste und, ich hoffe, auch nicht meine letzte Liebe. Ein alter Praktikus von acht und zwanzig Jahren wird sich um solche Kleinigkeiten nicht den Hals abreißen. Elende Tröstungen! Während mir diese Maximen grober Liebesphilosophie durch den Sinn schwirrten, hätte ich

Ralph Doughby, der ihr nun seinen Arm anbot, ganz gemüthlich erwürgen können. Ja, er führt sie wirklich auf das Dampfboot, und mir fällt Mistreß Houston zu. Anstatt ihr den Arm anzubieten, faßte sie den meinigen, und so ziehen wir denn fort. Was ich sagte, weiß ich bis auf diesen Tag noch nicht; es muß jedoch etwas Heilloses gewesen sein; sie schrie beinahe laut auf. Ihre gellende Stimme brachte mich endlich zum Bewußtsein zurück, und ihr süßlich giftiger Blick kühlte allmälig meine Leidenschaft. Wenig Schritte mehr und wir waren am Landungsplatze. Kisten, Koffer und ein Heer von Schachteln waren bereits deponirt; es blieb nichts übrig, als die Eigenthümer gleichfalls zu spediren. Zuvor muß jedoch noch Lebewohl gesagt werden. Mein Auge hing noch immer an Emilien, und sie in den Armen der Frau meines Freundes. Es schien, als trenne sie sich ungern von der Jugendfreundin; der lange, lange Kuß, die thränenvollen Augen zeugten deutlich davon. Doch nun kömmt Mistreß Houston, stattlich, steif und frostig; das leibhafte Bild des Winters, wie er den Frühling umarmt. Und dann die übrigen Damen und Herren, alle nach der Reihe; zuletzt Richards und ich. Sie nähert sich uns einen Schritt; ihr Auge sucht mich, unsre Hände begegnen sich; ich presse die ihrige — vielleicht das letztemal. Jedoch nicht das leiseste Zeichen der Erwiederung, und doch ruht dieses prachtvolle Auge auf mir; eine Thräne spiegelt sich darin, eine zweite — sie wendet sich, und nun ein zitternder, beinahe unmerklicher Druck dieser lieblichsten aller Hände. Ich murmelte, meiner selbst unbewußt: Himmel, so muß ich Sie denn verlieren, kaum zehn Minuten nachdem ich Sie gesehen! Sie blickt mich an, und wendet sich dann mit einem Blicke, der milde und schwermüthig zu sagen scheint: ja, wir müssen scheiden. — Doch wer kommt hier. Ein ganzer Troß von Wollköpfen, jung und alt, Kinder, Jungen, Mädchen, Greise und alte Mütterchen, alle ihr Lebewohl heulend und grinsend, alle nach einem letzten Blicke von diesem lieblichen Wesen haschend. Sie muß diesen Armen herzlich gut gewesen sein; niemand fühlt tiefer als sie. Selbst ihre Leiden, ihr hartes Loos, macht sie um so empfänglicher, die milde Hand zu küssen, die sich ihnen wohlthätig aufthut, die es der Mühe werth hält, einen Tropfen Balsam in ihre stets offenen Wunden zu gießen. Es ist wirklich ein schöner Anblick dieß, das herrliche Geschöpf umringt von den schwarzen Gestalten; die unerwartete Huldigung scheint in ihr eine wehmüthig-freudige Empfindung zu erregen. Doch Mistreß Houston winkt ihrem Grandvezier, und die armen Dinge scheuchen zurück. Ihr Blick fällt furchtsam auf ihre Herrin, und dieser Blick scheint alle erstarren zu machen, gleich Banquo's Geiste. Noch ein Lebewohl und sie scheiden, und betreten die Breter, die sie für immer mir entziehen soll. Ich starre ihr wie verloren nach, übersehe ganz, daß sie an Doughby's Arme über die Brücke auf das Verdeck schritt und mit ihm in der Salonthüre verschwand, — und nun schwingt sich das Boot herum, der Dampf brauset, zischt stärker und stärker, endlich der letzte Stoß und die gewaltige Maschine bewegt sich; langsam zuerst, und dann schneller und schneller schwirren die Räder. Wird sie nicht aus dem verwünschten Salon herauskommen? uns keinen letzten Blick gönnen? Immer weiter entfernt sich das abscheulich schnelle Boot; nie schien mir eines so eilig. Ah, nun öffnet sich die Thüre; es ist eine weibliche Gestalt; sie nähert sich dem Geländer; ihr Sacktuch in der Hand; sie schwingt es. Der alte Gentleman zunächst ihr lüftet seinen Hut und macht eine abgemessene Bewegung, und nun fällt mir der bocksteife Gentleman wieder ein. Ich erinnere mich, daß er noch an der Brücke sich zu mir gewendet, mir freundlich die Hand gedrückt, und mich dringend gebeten, wenn ich je nach Boston käme, sein Haus als das meinige zu betrachten. »Wer ist doch,« fragte ich Richards, »der Mann, der neben Miß Emilien steht, und uns so steif sein Adieu zunickt?«

111

Fürwahr, erwiederte mein Freund, du bist einer der sonderbarsten Menschen; da steht er, gafft, vergißt Alles neben und um sich, und bemerkt selbst nicht, wenn man von ihm Abschied nimmt. Mister Warrens muß sonderbare Dinge von dir denken.

Dieß Mister Warrens? fragte ich, mich auf die Stirne schlagend.

Wer sonst als er? Ich bitte dich, vermeide alles Auffallende; unsre Tante hat dich im Auge.

Das Wort rief mich wieder zurück. Sie stand mir gegenüber, ein boshafter, schadenfroher Zug spielte um ihre Lippen. Kaum hatte Richards Zeit, mir die Worte zuzuflüstern: Sei ein Mann! so stand sie auch schon vor mir, um mich mit aller möglichen Zutraulichkeit zum Mittagsessen einzuladen. Ich wollte ein bestimmtes Nein aussprechen; allein Richards und seine Frau traten wieder dazwischen, und sagten zu. Die alte Dame fixirte mich einen Augenblick, und wandte sich dann zu der übrigen Gesellschaft.

Sei nur diesmal ein Mann, und gieb dich dem Spotte der Tante und ihrer tausend Nebenzungen nicht bloß, bat Richards. — Was kümmert mich die Tante und ihre tausend Nebenzungen, wollte ich erwiedern; aber Richards mußte in meiner Seele gelesen haben, und sprach ernst und trocken: Das schroffe, leidenschaftliche, träumerische Wesen taugt fürwahr nur, dich zum ungenießbaren Sonderling zu stempeln. Bedenke, daß du unter deinen Nachbarn bist, denen du nie eine Blöße geben darfst.

Du hast wahrlich recht, erwiederte ich. — Es war wirklich hohe Zeit, zurückzukommen. Bereits flüsterten meine Nachbarn und schöne Nachbarinnen, bereits spitzten sich ihre Näschen und krümmten sich ihre schönen Lippen; eine

Stunde länger so fortgefahren, und am ganzen Missisippi wäre der zu spät gekommene Liebhaber ein Theegespräch geworden. Nein, das muß nicht sein; erwache zum Gefühle deiner ganzen Kraft, sprach ich, und vergesse diese Lappalien. Vielleicht wäre mir dieses doch nicht so leicht geworden; doch als ich so selbst mit mir kämpfte, warf mir Mistreß Houston einen ihrer gewöhnlichen coup-d'oeils zu, und der entschied. Mich vor dieser Frau bloß zu geben, wäre Tollheit, Stumpfsinn gewesen; nein, diese Zunge soll ihre anatomisirende Gewandtheit nicht an mir üben; es ginge mir wahrlich nicht besser, als dem armen Eichhörnchen, das von der Mocassinschlange verschlungen wird, zuerst der Kopf und dann der Leib, den sie mit ekeligem Schleime überzieht, um ihre Beute desto leichter hinabzuwürgen. Sicherlich würde ich in einem halben Dutzend Landzeitungen oder einem Wochenblatte figurirt haben, herausgeputzt in einen Wehe- und Entsagungshelden, zahlbar mit fünf Dollars baaren Geldes oder vier Bänden derlei Potpourri's von Unsinn, Kalbleder und Vergoldung mit einbegriffen.

Es kam nun darauf an, ein paar Stunden gehörig zu benutzen, und die üblen Eindrücke wieder zu verwischen. Schon der feste Entschluß, die Lösung dieses Problems aufzustellen, gab mir eine Schwungkraft, die mir trefflich zu statten kam. Allmälig kam die gute Laune gleichfalls angezogen, und zuletzt in einem Maße, wie ich sie selten hatte. Wie das herging, weiß ich noch heutigen Tages nicht; war der höhnende Blick von Mistreß Houston daran Ursache, oder war es Uebermaß der Verzweiflung, ein Geschöpf für immer verloren zu haben, das, mein Herz sagte es mir beim ersten Anblicke, mich namenlos glücklich gemacht haben würde, — genug, ich war plötzlich in einer Laune, die brillant genannt zu werden verdiente. Witzes- und Geistesfunken fingen mit einem Male aus meinem

Munde zu sprühen an; jedes Wort athmete den fröhlichen, heitern Lebensmann. Mistreß Houston sah mich anfangs zweifelnd, dann verwundernd an; zuletzt schien sie ihren Ohren und Augen kaum mehr trauen zu wollen, und Clara kicherte und lachte, bis sie es nicht mehr auszuhalten vermochte. Alle die Abenteuer und Vorfälle unserer Tour, vom ledernen Mister Shifty zum mit Haut und Haaren zur Feier des achten Jänner gebratenen Barbecu-Ochsen, von dem auch uns eine Rippe zu Theil wurde, und dem pfiffigen Yankee, der seine selig verschiedene Ehehälfte einsalzte und in den Kamin zum Räuchern aufhing, willens, sie so, wohl geräuchert und gedörrt, als eine egyptische Mumie, an die Londner egyptische Halle in Piccadilly zu veräußern, indem er aus seiner Zeitung vernommen, daß Mumien ein gangbarer Artikel wären, und mit schwerem Gelde aufgewogen würden. All der Unsinn, den wir gehört, alle die tausend Albernheiten, die wir gesehen, wurden nun preisgegeben, mit einer Geläufigkeit preisgegeben, die die Gesellschaft in vollem Lachen erhielt. Natürlich trug der Umstand, daß der Erzähler kein gewöhnlicher Lustigmacher, sondern ein Mann war, der mehr zu seinem eigenen und seiner nächsten Freunde Vergnügen, als den Beifall der Uebrigen zu erringen, erzählte, das Seinige zum Genusse bei. Ich fühlte mich ganz froh und heiter, es schien mich zu drängen, von dem Ueberflusse meines Frohsinnes auch meinen Freunden etwas zukommen zu lassen. Selbst der Takt, mit dem ich abbrach, sollte meine Gabe in ihren Augen noch erhöhen. Mistreß Houston hatte für ein frisches Dutzend Champagner gesorgt; wir hatten ihn trefflich gefunden, und ich liebe diesen Wein, das wahre Bild der Nation, die ihn für uns erzeugt; allein ich hasse gemeines Zechen, und zu meiner großen Ergötzlichkeit haßten nun alle meine vierzig Nachbarn eben so das sonst so liebe Zechen, und wir brachen auf, nachdem wir feierlichst versprochen hatten, so bald als möglich wieder zu kommen. Und wirklich, so froh und heiter schieden wir, daß ich beinahe glaube, Mistreß Houston habe lieblicher denn je ausgesehen.

Du hast Wunder gethan, sprach Richards, als wir wieder in dem Wagen zusammengeschichtet seiner Pflanzung zurollten.

Die Tante lachte, fiel seine Frau ein, daß ihr die Thränen über die Backen herabliefen. Ich glaube, Sie könnten mit ihr thun, was Ihnen beliebt. Wahrlich, Sie waren bezaubernd; nie hätte ich das erwartet.

Dann kennst du ihn nur wenig, diesen launenhaften, wunderlichen Menschen, und diesen Geist des Widerspruchs, der in ihm hauset. Danken wir es der sauren Miene unserer Tante; wir hatten eine der vergnügtesten Stunden.

Da sprichst du wieder wie ein behaglicher englischer Epikuräer von vierzig, der sein gutes Diner liebt und einen Spaß dazu, vorausgesetzt, er kostet nichts und befördert die Verdauung. Du weißt, ich hasse Egoismus. Doch sage mir nur, was ist denn eigentlich gegenwärtig Herr Warren, was seine Umstände?

Ich hasse Egoismus, spottete Richards nach, mit einer Lache, so laut, daß sie von zwei Bootsmännern, die auf dem Verdecke eines Breithornes sich hingestreckt hatten, wiedergegeben wurde. Ich hasse Egoismus, und die nächste Frage, die dieser Erklärung folgt, beweist die Wahrheit seines Ausspruchs. Oder was ist es anders, als eine Abart von Egoismus, eine verfeinerte Selbstsucht, die unter dieser Frage lauert? Gestehe es nur, armer George, Emilie ist dir nicht gleichgültig.

Hol' euch der Henker! Da lauern und lauern, und wispern und wispern sie, ich wußte nicht weshalb, bis nun das große Geheimniß heraus ist.

Hony soit qui mal y pense. Wollte der Himmel, ich hätte es ahnen können, erwiederte mein Freund, und sein Auge ruhte voll und ehrlich auf mir. Ja, sie wäre ein Weib für dich gewesen; ich sagte dir's immer; reiste hunderte von Meilen, um noch zurecht zu kommen; es sollte aber nicht sein, es ist nun zu spät.

Zu spät? wiederholte ich mechanisch.

Ja wohl! Sie besucht Saratoga mit ihrem Vater und Mister Doughby, verweilt einige Wochen zu Hause, und kehrt dann als Frau Doughby zurück.

Ich wußte es; es war mir klar wie die aufgehende Sonne, sobald ich Ralph gesehen hatte, wie er ihr das Halstuch umwarf, so wie er seinem Schecken die Schabracke überwirft. Kein Zweifel konnte vernünftiger Weise mehr obwalten; aber ich war nun wieder in meine schlimme, beinahe giftige Laune versetzt. Wer würde es auch nicht sein?

Dann hättest du dir aber auch deine freundschaftliche Mühe, mir den Pfeil ins Herz zu drücken und mich mit ihr bekannt zu machen, ersparen können, fuhr ich bitter heraus.

Das hätte ich gewiß unterlassen, wenn ich dich erstens für so kindisch und romanhaft empfänglich gehalten, und dann die wahre Lage der Dinge gewußt hätte.

Du hast sie nicht gewußt? und doch bin ich beinahe mit Haaren herbeigezogen worden.

Ich bedaure dies noch immer nicht, fiel Richards ein; haben wir doch nun Hoffnung, dich stätig zu sehen. Fürwahr, dies Umherziehen dauert zu lange.

Ich blickte ihn an; er war meiner Frage ausgewichen. Seine Frau jedoch hob den ihm hingeworfenen Handschuh auf.

Fürwahr, hätten wir nur ahnen können, daß Sie, der ewige Jude, Lust zum Heirathen bekämen! aber wer kann sich auf Sie verlassen, und Sie wissen, die Tante ist nun einmal zum Heirathmachen geboren. Wir haben Emilie von Neworleans abgeholt, und das Uebrige wissen oder errathen Sie.

Und seit wann hat sich dieses Geschäft abgethan?

Seit zwei Wochen.

Seit zwei Wochen! wiederholte ich ein-, zwei-, dreimal. Es waren volle vier Wochen seit meinem zweiten Zusammentreffen mit Richards, und wenigstens achtzehn Tage, daß unsre Ankunft seiner Frau bekannt sein mußte. Ich glaubte mir schmeicheln zu können, daß der Einfluß Clara's auf ihre Freundin diese von einer so schnellen Wahl wenigstens bis zu meiner Ankunft hätte zurückhalten sollen. Alles das schwindelte mir durchs Gehirn und trübte nur noch mehr meine Laune. Ich sah nur zu deutlich, daß die Tante mir einen Streich gespielt. — Ja, diese glorreiche Tante! platzte ich wieder heraus.

Ist eine sehr respectable Dame, Mister Howard, versetzte Mistreß Richards, und sie glaubte für ihre Nichte sehr wohl zu wählen; ich kann ihr gar keinen Vorwurf machen.

Freilich nicht, entgegnete ich; schade nur, daß sie sich nicht zur allein seligmachenden Kirche bekennt. Sie hätte dann Aussicht, einst, in Glas und Rahmen gefaßt, in der Kathedrale von Neworleans zu prangen, allen ihren Negern zum Trost und Labsal.

Das war nun beißig boshaft; aber wer kann seine Geduld

117

immer behalten. Mir war es unmöglich; ich mußte meinem Herzen Luft machen. Der Stich hatte keine Erwiederung zur Folge. Richards sah mich ernst an, seine Frau beinahe wüthend. Eine lange Pause erfolgte.

Ich sah wieder auf den Missisippi hinaus, den Schiffen und Kielböten zu, von denen der Yankee doodle in nicht unangenehmem Chore herübertönte.

Und Emilie, hat sie sich geduldig in die Wahl ihrer Tante gefügt? fragte Richards.

Seine Frau hielt mit der Antwort inne; wahrscheinlich antwortete sie durch ihr Geberdenspiel.

Es nimmt mich auch nicht Wunder, wisperte sie nach einer Weile; das feine Wesen fehlt ihm gänzlich. Selbst die Art, wie er ihr sein erstes Geschenk darbot, war ziemlich derbe.

Sage vielmehr roh, versetzte eben so leise ihr Gatte. Ich wollte ihm gern den Mangel an Abgeschliffenheit verzeihen; aber des Mannes Seele ist roh, gewaltthätig, für alle sanfteren Empfindungen verloren. Sie kann nicht mit ihm glücklich sein. Und sie hat also sein Geschenk zurückgewiesen? fragte er.

Entschlossen und fest zurückgewiesen, erwiederte sie. Selbst meine Bitten vermochten nichts über sie; sie kenne ihn nicht hinlänglich; sie wolle sich nicht binden, ehe sie den Rath ihrer Mutter eingeholt.

Sie hat ganz recht, und ich begreife nur nicht, wie die Tante es so weit treiben konnte.

Du weißt, ihr Vermögen, ihr Ansehen macht jeden Wink zum Gebote.

Und doch hat sie dem armen Warren Hülfe versagt?

Sie zuckte die Achseln.

Ich blickte auf; fiel jedoch wieder in mein Nachsinnen zurück. Also halb gezwungen mußte die arme Emilie werden. Wahrlich, sie verdient es, aus den Händen dieses Bären gerettet zu sein.

Ich kann es mir nicht möglich denken, daß sie ihn nimmt, bemerkte ich, zu Richards gewandt.

Ich bitte dich, gieb nicht Hoffnungen Raum, versetzte er, die vergeblich sind. Und hier zu hoffen, ist mehr als vergeblich.

Und würden Sie Emilie geheirathet haben? fragte Clara.

Geheirathet? erwiederte ich, geheirathet? Das Wort machte mich stutzen. Ein alter Junggeselle von acht und zwanzig Jahren ist nicht sehr vorschnell, wenn es an's Heirathen geht; aber hier war nichts zu bedenken. — Heirathen? wiederholte ich; ja, das würde ich gethan haben. Von dem ersten Augenblicke, da ich sie sah, war ich dazu entschlossen; sie oder keine sollte meine Lebensgefährtin werden. Ich getraue mir zu behaupten, daß ich diese vortreffliche Seele durchblickte. Ich war unempfindlich gegen ausgezeichnetere Schönheiten, unzugänglich nach längerer Bekanntschaft; sie aber würde mir nach Jahren eben so erscheinen, denn es ist ein offenes Gemüth, das ihrige. Unsre Augen und Herzen begegneten sich; ihre Seele lag aufgeschlagen vor mir, diese edle, feste, reine und selbstständige Seele. Vor ihr ein Geheimniß zu haben, würde mir unmöglich sein; jeden ihrer Gedanken, ihrer Wünsche würde ich errathen haben; offen würde ich mich hingeben. Sieh! würde ich sagen, so bin ich; dies sind meine Gebrechen, dies meine Tugenden, — willst du mich? Wohl! beide sollen mir helfen, dich glücklich zu machen. Achtung vor ihrem Seelenadel, vor ihrem Verstande würde mich diese

Sprache führen machen, und sollte mich durch mein ganzes Leben begleiten. Und auf diese Grundlage wollte ich mein und ihr Glück bauen. Sie ist das erste Wesen, das mir begegnete, vor dem ich mich ganz, wie ich bin, zeigen könnte.

Beide hatten mir in sichtlicher Spannung zugehört.

Und was sagte Herr Warren? fragte endlich Richards.

Oh, du kennst ihn doch, erwiederte sie. Vorausgesetzt, er kann sein Geschäfte fortführen, und ein respectables Haus halten, so läßt er das Uebrige seinen Gang gehen. Er wünscht nur einen achtbaren Mann für Emilien, der im Stande wäre, sie unabhängig zu erhalten, ohne daß er ihn nöthigte, einen Theil seines noch übrigen Vermögens zu ihrer Ausstattung aufzuwenden. Auf keine Weise wäre er zu vermögen, mehr zu geben, als einen Theil seiner Ländereien am Missisippi oder dem Miami bei Dayton, die er eben Willens ist zu besuchen.

Ja, so sind sie alle, diese Yankees, brummte ich darein, wahre doppelt destillirte Juden, die ihre Töchter eben so, wie ihre Zwiebel-, Mehl- und Whiskyfässer, den Meistbietenden überlassen.

Ich hatte ganz vergessen, daß meines Freundes liebevolle Hälfte gleichfalls diesem berühmten Yankeestamme entsprossen, und verbiß meine Zunge. Zu Richards, einem echten Virginier, ließ sich so etwas schon sagen.

Er ist der consequenteste Feind alles Ausländischen, fuhr dieser fort, den es nur geben kann; doch vorzüglich was aus England herrührt; ein Tarifmann durch und durch. Er hat Pamphlete geschrieben, Reden gehalten, alles nur Mögliche zu Gunsten dieses seines Steckenpferdes gethan, wurde ausgelacht und ausgepfiffen, mit Koth beworfen, — nichts konnte ihn ändern. Er ist nun diese fünfzehn Jahre, seit ich ihn kenne, immer dieselbe steife, starre, stattliche Personnage, die kerzengerade, wie ein Indianer, einherwandelt, einen Schritt gleich dem andern, einen Tag wie den andern. Seinem Haare und Haarzopf widmet er eine systematische Sorgfalt, und er hat öfters lieber sein Mittagsessen versäumt, ehe er ohne diese Zierde bei Tafel erschienen wäre. Ein großer Theil seines Mißgeschickes springt von derselben Antipathie für alles Ausländische. Seit der Revolution rühmt er sich, nie auch nur das Mindeste vom Auslande auf seinem Leibe getragen zu haben. Vom Kopf zum Fuße in amerikanische Fabrikate gekleidet, bezahlte er lieber den fünffachen Preis, so lange unsere Manufakturen noch in ihrer Kindheit waren, als daß er englische Stoffe wählte; ja, einstens verbrannte er wirklich, ein zweiter Napoleon, einen vollständigen englischen Anzug, den man ihm als amerikanisch untergeschoben hatte.

Der Mann ist wirklich interessant, erwiederte ich. Ich würde diese patriotische Aufopferung nicht in seinen grauen Spekulationsaugen gesucht haben. Und doch konnte er der Freiheit seiner Tochter so nahe treten?

Wir waren nun vor Richards Hause angelangt. Ich zog mich bald auf mein Zimmer zurück. Mehrere Briefe von meinem Aufseher lagen vor mir; wahrlich, es ist hohe Zeit, dieses Wanderleben aufzugeben.

Das Abendessen war trefflich, die Weine ausgesucht; es wollte jedoch nicht munden. Meine Freunde waren in der besten, herrlichsten Stimmung, besonders Clara; aber ich wollte nun diesen Abend elend sein, und zog mich frühe mit einem Packet Zeitungen zurück.

Ja, der Red-River kommt morgen zwölf Uhr hier vorbei, auf seinem Wege nach Alexandria; ich will mit, und einmal wieder sehen, was die Meinigen treiben.

Es war Morgens neun Uhr, als ich, mit diesem löblichen Vorsatze ausgerüstet, in meinem Morgenanzuge und Pantoffeln die Stiegen herabkam. Ich weiß nicht, wie es geschah, daß ich, ganz gegen meine sonstige Gewohnheit, mein Frühstück nicht aufs Zimmer beordert hatte. Als ich den Corridor zum Speisesaal hinantrat, hörte ich meinen Namen. Ich stand stille. »Der Horcher an der Wand, fiel mir ein, hört seine eigne Schand';« doch ich wollte einmal meine Schande hören. Es war Claras Stimme.

Aber mit Emilien geht es nun und nimmermehr, sprach sie sehr leise; du weißt, sie hat keine Aussteuer, und die achttausend Dollars —

Ja, die müßte er uns aufkündigen, versetzte ihr Mann; denn er brauchte sie zur ersten Einrichtung und Vermehrung seines Sklavenstandes. Mir käme dies sehr ungelegen; wir haben gute zwanzigtausend damit gewonnen.

Eben deswegen dachte ich, deinen Winken nicht Folge leisten zu müssen, lispelte sie.

Aber mit der Tante wird gewiß nichts daraus, versetzte er.

Wohl denn, laß ihn als Hagestolz vegetiren; ohnedem ist er ein wunderlicher Kauz. Kaum glaube ich, daß Emilie seine Rhapsodien besonders liebgewinnen dürfte.

Ja, das bin ich! murmelte ich, mich leise auf die Stiege zurückziehend. — Wahrlich, ich glaube, in meinem Leben war ich nicht schneller mit meiner Toilette fertig. Die Zeitung in der Hand, trat ich vor meine Freunde.

Nein, George, bat Richards und Clara, du darfst nicht, Sie dürfen nicht gehen, nicht in diesem Zustande gehen; Sie müssen bei Ihren Freunden bleiben.

Ich sah der Yankeein lächelnd ins Gesicht, nahm lächelnd meinen Thee, und entfernte mich mit einer artigen Verbeugung. Schlag zwölf Uhr war ich auf dem Wege zum Red-River, der eine halbe Meile weiter unten vor L—s Pflanzung hielt.

Meine erste Tour an den Red-River und Sein und Wirken an diesem.
(Recollectionen.)

Auf dem Wege zum Dampfschiffe fiel mir meine erste Tour an diesen berühmten Fluß ein, und dabei wurde mir zu Muthe, wie dem armen Sünder, der seinen letzten Gang in Begleitung des Sherifs[77] geht, ein wirklich unbehagliches Widerstreben aller Sehnen und Knochen, ein Kampf im Innern und Aeußern. Es war, als ob mich etwas zurückzöge, und ein leichter Schauder vor der Zukunft begann mich zu beschleichen. Und es ist doch meine Heimath, mein Haus und Hof, wohin ich gehe; aber was für ein Haus und Hof! Es sind just neun Jahre, daß ich dieses Tusculum mein nenne, und neun Jahre zwei Monate, daß ich im Besitze dieses freehold of these united states[78], wie wir es nennen, bin. Fünftausend Dollars hatten mir die Ehre verschafft, Pflanzer Louisiana's zu werden; ein »Pappenstiel« gratulirten mir ein Dutzend meiner Freunde Landhändler: das Holz war zehnmal zehntausend werth; es sollten zweitausend Acker sein, with due allowance for fences et roads[79]. Ein halbes Jahr zuvor hatten die Zeitungen des ganzen Westens diese Red-River-Ländereien herausgestrichen: es war ein so köstliches Zucker- und Cottonland, sechzehn Fuß tiefer Flußschlamm — Egypten war eine Sand- und Steinwüste dagegen —; das Clima: es waren nichts als Zephyrlüftchen zu spüren, wie sie in

Eldorado und Arkadien nur immer wehen können. Ich Hasenfuß, der ich doch die vollen Backen kenne, mit denen meine lieben Mitbürger vom Preßbengel zu posaunen pflegen, wenn ein Dutzend Landspekulanten ihnen vorläufig die Zunge mit ein paar Schock Dollars geölt haben, ging in die Falle, und kaufte mich an in diesem Fieberpfuhle, wo ein wohnliches Haus mich erwartete, mit zwei Negerhütten; die improvements[80], versicherte mir der Landspekulant, waren unter Brüdern zweitausend Dollars werth. Es war im Juni, als ich besagtermaßen ging, und, wie ich mich deutlich erinnere, mit derselben Antipathie, und getrieben durch die Macht des Schicksals, wie Narren es nennen, und gescheide Leute: durch die Macht unserer eigenen, thörichter Weise eingegangener Verhältnisse. Ich war dazumal in New-Orleans, das letzte Segel war hinter dem Great Bend[81] verschwunden; meine Freunde waren den Fluß hinunter oder hinauf, oder über den See[82]. Es war in ganz New-Orleans nichts mehr zu sehen, als hohläugige Negerinnen, hemde- und herrenlos, die wie Shakals heulend durch die Straßen liefen, und um die verschlossenen oder zerbrochenen Thüren und Fensterladen umherschlichen; besonders in der obern Vorstadt, wo bereits ganze Gassen leer und verödet standen, die Häuser offen, die Thüren und Fenster zerschlagen, der Samum herüberwehend von Veracruz, durch die ganze Stadt nichts zu hören, als das solenne Rasseln der Leichenwagen, auf denen zwei, drei Särge auf einmal über einander lagen. Es war hohe Zeit zu gehen; denn das gelbe Fieber hatte seinen Triumpheinzug gefeiert und herrschte, ein Sieger, wie ein großer Kriegsheld in einer erstürmten Stadt.

[77]: Bekanntlich geschehen die Hinrichtungen durch den S he rif.

[78]: Free hold of these united states, ein Freigut.

[79]: Due allowance for fences et ro ads. Jeder Landkauf hat im Contracte oder der Urkunde diese Formel, die so viel

bedeutet, als daß z. B. nebst den 2000 hier erwähnten Ackern noch die Befugniß ertheilt ist, ein gewisses Landmaß behufs der Einzäunungen und Wege anzusprechen.

[80]: Improvement, buchstäblich Verbesserung. In den V. St. werden Improvements vorzüglich die Erbauung von Wohnhäusern und Scheuern, und die Ausrottungen der Wälder genannt. Ein Stück Waldes ohne beurbarten Boden oder ohne Haus heißt Lands, mit Haus und Acker heißt es Improved Lands.

[81]: Great Bend, der große Busen, den der Missisippi unter der Hauptstadt von Louisiana bildet.

[82]: Pontchartrain.

Ich hatte als Bedeckung vier Neger, die alte fünf und sechzigjährige Sibylle mit eingeschlossen, ein Kleinod, wie es selten zu finden ist; denn die fürchtet das gelbe Fieber; Cäsar und Tiber waren die zwei andern, und Vitell der dritte. Wir geben gern unsern Pferden und Negern derlei hochtönende Namen, zum abschreckenden Beispiele, glaube ich, für unsere eigenen Herrscherlinge; denn seid versichert, auch bei uns fehlt es nicht an would be Caesars[83].

[83]: Would be Caesars, ein häufig gebrauchtes, unübersetzbares Doppelwort; so viel als: wollte Cäsar sein oder werden.

Meine Gig hatte ich weislich zurückgelassen, dafür aber einen ungeheuern Leiterwagen meinem Freunde Bankes aus der Remise gezogen, auf dem ich mein ganzes Mobiliarvermögen zusammengepackt, Wolldecken und Aexte, Harken und Pflugscharen, Cottonhemden und Töpfe. Ich, der Fashionable, saß oben an, die Mappe meines neuen souverainen Besitzthums in der Tasche, und nicht viel weniger stolz als ein derlei Souverain, von denen es einige in der Welt geben soll, die nicht einmal so viel Landes besitzen. Wer so den Mister Howard, der noch vier Monate zuvor den Reigen bei H— und P— anführte, inmitten dieser Welt von Töpfen, Flaschen, Bündeln, Stricken, Pfannen, sah, der mußte lachen. Es lachte aber niemand, so gern ich es gesehen hätte; weder weinte eine Seele, denn Thränen waren damals in New-Orleans selten. Man war so an den Tod gewöhnt, und dieser hatte alle Gefühle so abgestumpft, daß sie ein ganz kostbarer Artikel wurden. Aber selbst wäre das gelbe Fieber nicht gewesen, so herrscht bei uns wieder so viel gesunder Sinn, daß derlei Aufzüge nichts weniger als lächerlich erscheinen, und die brillanteste Schöne wird eben so willig mit ihrem neuen Bräutigam einen derlei Dearborn besteigen, als die Landnymphe es in Begleitung ihres geliebten Tom thut, und wer in unsern Hinterwäldern reiset, wird oft Ueberraschungen finden, von denen kaum einem Romanschreiber träumen dürfte. Ein liebliches Ehepaar, inmitten des luxuriösesten Ueberflusses auferzogen, das sich in die Einsamkeit der Wälder zurückgezogen, ein schönes Stück Urwaldes erkauft, und da für sich und ihre Kinder eine neue Existenz begründet. Man findet sie häufig, diese Hütten, die bloß aus einer Stube und einer kleinen Küche bestehen; in der Stube an den Wänden die Alltagskleider, gewöhnlich von den zarten Händen der Dame gefertigt, neben Sattel und Pferdegeschirr; zuweilen eine Harfe oder ein Pianoforte im Winkel, aber auf diesem die neuesten Nummern vom American-, North- und Southern-Rewiews[84], mit den Zeitungen der Congreßstadt. So haben unsere Johnsons, unsere Livingstons, unsere Ranselaërs, und Hunderte, ja Tausende von Familien, unsere Jeffersons und Washingtons angefangen, und wohl, wenn die künftige Generation dieses Verjüngungsmittel der bürgerlichen Gesellschaft nicht anekelt. Ich bestieg, wie gesagt, meinen Dearborn, um gleiches zu thun, um so geschwind wie möglich das verpestete New-Orleans zu verlassen, da kein Dampfschiff mehr zu sehen und zu hören war. Just als ich mich inmitten meines Mobiliares niederließ, kam Cäsar mit einem so gut als neuen Mantel, wie er meinte, den er vor einem öden, verlassenen Hause in der Vorstadt so glücklich zu entdecken gewesen. Ich packte den Mantel mit einer Feuerzange, und schleuderte ihn so weit vom Wagen, als ich konnte, zum großen Leidwesen Cäsars, der nicht begreifen konnte, wie man ein zwanzig Dollars werthes Ding so unzeremoniös behandeln konnte.

[84]: American-Rewiew, North-American-Rewiew, Southern-Rewiew, die drei großen Zeitschriften der V. St.; die eine bekanntlich in Philadelphia, die andere in Boston und New-York, die dritte in Charleston herausgegeben.

Kein lebendiges Wesen war zu sehen gewesen, so weit das Auge durch die schnurgerade Straße reichte; auf der rechten Seite gegen die Vorstadt Annunciation zu war Alles mit Bretern verpalissadirt, darauf Anschlagzettel, gleich Segeln, mit ellenlangen Buchstaben, die das infected (angesteckt) einem eine halbe Meile schauen ließen, Proklamationen des Maire. Die Proklamationen waren überflüssig; New-Orleans sah einem Kirchhofe ähnlicher, als einer Stadt; wir trafen nicht fünf Menschen, als wir die neu ausgelegte Canalstraße vorbeifuhren und die Levee hinauftrieben. Vor der ersten Pflanzung, wo wir hielten, um unsern Thieren Futter zu geben, waren uns Thüren und Thore vor der Nase zugeschlagen worden, und die menschenfreundlichen Besitzer, den lieben Besuch geschwinde los zu werden, ließen aus den Jalousien des Hauses ein paar Läufe herausblinken, die uns alle Lust benahmen, die Gastfreundschaft M—s ferner in Anspruch zu nehmen. Wir kamen jedoch von New-Orleans und durften nichts Besseres erwarten. — Cäsar, gleich seinem berühmten Namensahn, hatte sich nicht abschrecken lassen, war über das Geländer gesprungen, hatte einigen Dutzend Wälschkornstängeln die Köpfe abgerissen, und sie unsern Pferden vorgeworfen; ein zerbrochener Krug diente, Wasser aus dem Missisippi zu holen, und nach einer halben Stunde fuhren wir weiter. Fünfmal, erinnere ich mich, hatten wir auf dieselbe Weise zugesprochen, und waren auf dieselbe menschenfreundliche Weise abgewiesen worden, bis wir endlich vor B—s Pflanzung kamen, eines Freundes von mir. Wir waren fünfzig Meilen in einer glühenden Atmosphäre an mehr denn fünfzig Pflanzungen vorbeigefahren, deren jede wie fürstliche Villa's aussahen; aber niemanden hatten wir noch gesehen. Da hoffte ich endlich Unterkunft zu finden, fand mich jedoch betrogen.

From New-Orleans?[85] fragte die Stimme meines Freundes durch die Jalousien seiner Veranda.

To be sure[86], war die Antwort.

[85]: From New-Orleans? Von New-Orleans?

[86]: To be sure, versteht sich von selbst.

Then be gone friend and damned to you![87] war die freundliche Antwort des lieben Mister B—s, der jedoch wieder die Artigkeit hatte, einen ungeheuern Schinken mit Zubehör, sammt einem halben Dutzend Bouteillen, vor die Thüre stellen zu lassen, uns so, ohne ein Wort weiter zu verlieren, andeutend, daß wir gerne gesehen wären, wenn wir mit einer Campagne unter freiem Himmel fürlieb nähmen. Ich lachte herzlich, aß und trank, hüllte mich in meine Wolldecken, und schlief, wie es der Präsident im weißen Hause sicherlich nicht kann. Als wir am Morgen aufbrachen, rief ich ein Thank ye! and be damned to you![88] zur Danksagung, und so trabten wir weiter. In Baton-Rouge endlich bei einem ausgepichten Franzosenmagen, dem weder die Moskowiter noch die Mamelucken etwas anhaben konnten, und der über das gelbe Fieber nur lachte, fanden wir am dritten Abende Nachtquartier, und fuhren am folgenden Morgen im Dampfschiff Clayborne in den Red-River ein. Am Abende waren wir in meine Domaine eingezogen.

[87]: Then be gone friend and damned to you! So
packen Sie sich, lieber Freund, in die Hölle!

[88]: Thank ye and be damned to you! Danke Ihnen und
verdamme Sie — versteht sich, Gott!

Santa Vierge! ruft der Spanier in seiner Bedrängniß; was
ich rief, weiß ich nicht mehr; nur so viel weiß ich, daß mir
die Haare zu Berge standen, als ich diese sogenannten
Improvements beaugenscheinigte. Das wohnliche Haus war
eine Art Schweinestall, nicht einmal aus Balken, sondern
aus Baumästen zusammengeflickt, ohne Thüren, Fenster
und Dach, und da sollte der Fashionable Howard hausen?
und zwar zu einer Zeit, wo der Thermometer zwischen 95
und 100 varirte; doch Noth kennt kein Gebot. Wir machten
uns an die Arbeit, und in zwei Tagen standen zwei so
leidliche Hütten da, als je einen Backwoodsman aufnahmen,
mit der einzigen Unbequemlichkeit, daß, wenn es stark
regnete, wir unter dem Cottonbaum, der in der Nähe stand,
Zuflucht suchen mußten. Glücklicherweise waren jedoch
fünfzig Acker beurbart, und dieß half. Wir pflanzten und
hausten so gut es sich thun ließ; bei Tage säete und pflügte
ich, bei Nacht besserte ich Riemenzeug, auch Löcher in den
Inexpressibles aus. Von Gesellschaften waren wir wenig
geplagt, denn mein nächster Nachbar wohnte fünf und
zwanzig Meilen von mir, und so verging der erste Sommer.
Im zweiten ging es besser, im dritten noch besser, und so
fort, bis es endlich leidlich wurde. Es läßt sich Alles thun,
und wenn der arge Napoleon ein wahres Wort gesprochen,
so war es, als er sagte: Impossible — c'est le mot d'un fou.

Und dann eine Jagd-Excursion in die Savannen
Louisiana's oder Arkansas!

Es ist etwas Eigenes in diesen endlosen Wiesenwüsten, das
den Geist erhebt, und ihn, wir möchten sagen, nervig und

stark macht, so wie den Körper. Da herrschet das wilde Roß und der Bison und der Wolf und der Bär und Schlangen zahllos, und der Trapper[89], alle an Wildheit übertreffend, — nicht der alte Trapper Coopers, der in seinem Leben keinen Trapper gesehen hat, aber der wirkliche Trapper, der Stoff zu Romanen geben könnte, die den pinselhaftesten Pinsel begeistern müßten.

[89]: Trapper, buchstäblich Fallen-, Schlingensteller, von trap, Falle. Das Wesen dieser Art Menschen wird weiter unten erklärt; es mag jedoch nicht überflüssig sein, beizufügen, daß durch eine neuerliche Congreßakte bloß geborene Amerikaner zum sogenannten Trapping und Hunting zwischen dem Missisippi und dem stillen Ocean ermächtigt sind, vorzüglich, um den Briten jede Gelegenheit zum Verkehr mit den auf dem Grund und Boden der V. St. herumschwärmenden Indianern und zur Aufwieglung derselben abzuschneiden.

Unsere Civilisation, die edelste, die sich je gebildet und selbstthümlich entwickelt, hat wieder eigene Mißgeburten erzeugt, von denen die Civilisation anderer Länder nichts weiß, und die nur in einem Lande entsprießen können, wo die Freiheit unbeschränkt ist. Es sind Auswürflinge, diese Trappers, großentheils, oder Geächtete, die dem strafenden Arm des Gesetzes entflohen sind, oder auch unbändige Naturen, denen selbst die rationelle Freiheit der Staaten noch Zwang däucht. Vielleicht ist es ein Glück für eben diese Staaten, daß sie gewissermaßen dieses fagend[90] an ihrem Lande besitzen, wo diese wilden Leidenschaften austoben können; denn im Busen der bürgerlichen Gesellschaft dürften sie viel Unheil anrichten. Hätte zum Beispiel la belle France dieses fagend während seiner großen Crisen gehabt, wie viele seiner großen Krieger würden nicht als Trappers verstoßen sein, und wahrlich! weder Europa, noch die Menschheit wäre ärmer, wenn sie von den großen Werkzeugen des absolutesten Despotismus, den Massenas und Vandammes und Sebastianis und Davousts und diesen bordirten Leuten sammt und sonders wenig oder gar nichts wüßten! — Man findet diese Trappers oder Hunters[91] von den Quellen des Columbia- und Missouristromes herab bis zu denen des Arkansas und Red-River, an all den tributaren Flüssen des Missisippi, die bekanntlich auf dieser Seite durchgängig in den Rocky mountains entspringen. Ihre ganze Existenz dreht sich um die Vertilgung der Thiere, die sich seit Jahrhunderten und Jahrtausenden in diesen Steppen und Fluren zusammengehäuft haben. Sie morden den wilden Büffel, um Felle für ihre Kleidung und Haunches[92] für ihr Mahl zu haben, den Bären, um auf seiner Haut zu schlafen, den Wolf, weil es ihnen Vergnügen macht, und sie fangen und morden den Biber seines Felles und gelegentlich auch des Schwanzes wegen. Dafür erhalten sie Pulver, Blei, Flanelljacken und Hemden, Garne zu ihren Netzen und Whisky, um die Kälte in den Wintertagen abzuhalten. Sie ziehen häufig in Haufen von Hunderten hinüber in diese Wüsten, wo sie öfters mit den Indianern blutige Fehden anfangen; gewöhnlich jedoch thun sie sich in Gesellschaften von acht bis zehn zusammen zu gemeinsamem Schutz und Trutz vereinigt, eine Art wilder Guerilla's. Immerhin sind jedoch diese mehr Hunters als Trappers; der wahre Trapper zieht nur in Gesellschaft eines geschworenen Freundes, mit dem er Jahr und Tag, öfters Jahre, aushält; denn es erfordert häufig Jahre, ehe sie mit den Verstecken der Biber bekannt werden. Stirbt der Gefährte, so bleibt der Uebriggebliebene im Besitze der erworbenen Felle und des Geheimnisses des Aufenthaltes der Thiere. Was Anfangs Furcht vor dem Gesetze bei Vielen bewirkte, wird bald zum absolutesten Bedürfniß, und die ungeregelte, zur wilden Lust gewordene, unbegränzte Freiheit würden nur wenige für die glänzendste Stellung in der bürgerlichen Gesellschaft vertauschen. Es leben diese Menschen das ganze Jahr hindurch in den Steppen,

Savannen, Wiesen und Wäldern der Arkansas-, Missouri-
und Oregon-Gebiete[93], die in ihrem Busen ungeheure Sand-
und Steinsteppen und wieder die herrlichsten Gefilde
bergen. Schnee und Frost, Hitze und Kälte, Regen und
Sturm, und Entbehrungen aller Art haben ihre Glieder so
abgehärtet, ihre Haut so verdichtet, wie die des Büffels, den
sie jagen; die stete Nothwendigkeit, in der sie sich befinden,
sich auf ihre Körperkraft zu verlassen, erzeugen in ihnen ein
Selbstvertrauen, das vor keiner Gefahr zurückscheucht; eine
Schärfe des Blickes, eine Richtigkeit des Urtheils, von der der
Mensch in civilisirter Gesellschaft sich kaum einen Begriff
machen kann. Ihre Leiden und Entbehrungen sind oft
gräßlich, und wir haben Trappers gesehen, die Leiden
ausgestanden hatten, in Vergleich mit welchen die
erdichteten Abenteuer Robinson Crusoës bloß Kinderspiele
sind, und deren Haut sich in eine Art Leder verdichtet, das
mit der gegerbten Büffelshaut mehr Aehnlichkeit, als mit der
menschlichen hatte; nur Stahl und Bley vermochten
durchzudringen. Es sind diese Trappers eine psychologisch
merkwürdige Erscheinung: in die wilde unbegränzte Natur
hinausgeworfen, entwickelt sich ihr Verstand häufig auf
eine Weise, so eigenthümlich scharfsinnig und selbst
großartig, daß wir an Einigen Lichtfunken wahrgenommen
haben, deren sich die größten Philosophen alter oder
neuerer Zeiten nicht geschämt haben dürften.

[90]: Fagend. Dieses unübersetzbare Wort dürfte einer nähern
Bezeichnung um so mehr werth sein, als es häufig
gebraucht wird; fagend nennt man das ausgezupfte Ende
eines Strickes, das Werthlose an irgend einer Sache; die
Canadas z. B. werden ganz richtig das fagend von Amerika
genannt. Hier heißen die Steppen zwischen dem
Felsengebirge und Missisippi fagend.

[91]: Hunters, Jäger.

[92]: Haunch, der Buckel auf dem Rücken des Bison, der bei
weitem beste, schmackhafteste und nahrhafteste Theil am

ganzen Thiere.

[93]: Arkansas-, Missouri- und Oregon-Gebiete, die mit den zwei Staaten Louisiana und Missouri beinahe das ganze westliche Gebiet der V. St. jenseits des Missisippi einnehmen.

Die täglichen, ja stündlichen Gefahren, sollte man glauben, müßten die Blicke dieser verwilderten Menschen zum höchsten Wesen erheben; aber dem ist nicht so. Ihr Gott ist das Waidmesser, ihr Schutzpatron die Rifle[94], ihre feste Hand ihr Hort. Den Menschen scheut der Trapper, und der Blick, mit dem er den ihm in der Wüste Begegnenden mißt, ist seltener der des freundlichen weißen Bruders, als des Mordgierigen; denn Gewinnsucht wirkt hier, eine eben so mächtig scheußliche Triebfeder, wie in der civilisirten Gesellschaft, und gewöhnlich bezahlt von zwei sich begegnenden Trappers einer mit dem Leben. Er haßt seinen weißen Nebenbuhler um die geschätzten Biberfelle noch weit mehr, als den Indianer; letztern schießt er eben so ruhig nieder, wie einen Wolf, Büffel oder Bären; ersterem stößt er jedoch sein Messer mit einer so wahrhaft teuflischen Freude in den Busen, als ob er fühlte, daß er die Menschheit von einem großen Mitverbrecher befreie. Viel trägt auch zu dieser entmenschten Wildheit bei, daß er die stärkste Nahrung, die es wohl geben kann, das Fleisch des Bison, ohne Brod oder sonstiges Zubehör, Jahre lang genießt, und so gewissermaßen zum Raubthiere wird.

[94]: Rifle, Stutzer.

Wir haben auf einem solchen Ausfluge, den wir in Gesellschaft Mehrerer an den obern Red-River machten, mehrere dieser Trappers angetroffen, unter andern einen wetterverbrannten, von Sturm und Ungewitter und Entbehrungen aller Art so durch und durch gegerbten Alten, daß seine Haut mehr der Bedeckung einer Schildkröte, als der eines Menschenkindes glich. Wir hatten zwei Tage in seiner Gesellschaft gejagt, ohne daß uns etwas Besonderes an dem Manne aufgefallen wäre; er bereitete unser Mahl, das einmal aus einem Hirschziemer, das anderemal aus einem Büffelhaunche bestand, wußte den Aufenthalt und Zug des Wildes, und witterte beide genauer, als sein ungeheurer Wolfshund, der ihm nie von der Seite kam. Erst am Morgen des dritten Tages entdeckten wir Einiges, das uns weniger zutraulich gegen unsern neuen Jagdgefährten machte. Es waren eine Menge Striche und Kreuze an dem Schafte seines Stutzers, die die Veranlassung zur Wahrnehmung des eigentlichen Charakters dieses Mannes wurden. Diese Striche und Kreuze waren in Rubriken beiläufig auf folgende Weise geordnet:

Buffaloes (Büffel) — keine Zahl angegeben, da sie wahrscheinlich zu groß war.

Bears (Bären) 19; diese waren mit einfachen Strichen bezeichnet.

Wolves (Wölfe) 13; mit Doppelstrichen marquirt.

Red Underloppers (rothe Zwischenläufer) 4; mit vier Querstrichen angedeutet.

White Underloppers (weiße Zwischenläufer) 2; mit Kreuzchen notirt.

Als unser Gefährte den Schaft so aufmerksam betrachtete, und sich Mühe gab, den Sinn der Worte Underloppers zu erforschen, fuhr ein grinsenhaftes Lächeln über die Züge des Alten hin, das uns aufmerksam machte. Ohne jedoch ein Wort zu verlieren, machte er sich an den Büffelhaunch, den er unter dem Rasen hervorzog, aus der Haut, in die er gewickelt war, nahm, und uns auftischte. Es war ein Mahl, wie es kein König besser haben kann, und das uns ganz den Stutzerschaft vergessen machte. Auf einmal sprach er mit einem tückischen Lächeln, seine Rifle an sich ziehend: Look ye, it's my pocketbook. D'ye think it a sin to kill one of them two legged red, or white underloppers?[95]

Whom do you mean?[96] fragten wir.

[95]: Look ye, it's my pocketbook. D'ye think it a sin to kill one of them two legged red or white underloppers? Sehen Sie, es ist mein Taschenbuch. Denken Sie, es ist eine Sünde, einen dieser zweifüßigen rothen oder weißen Zwischenläufer zu tödten?

[96]: Whom do you mean? Wen meint ihr?

Der Mann lächelte wieder und erhob sich; wir wußten nun, wer die zweibeinigen Zwischenläufer waren, die der Alte eben so ruhig auf seinem Schafte notirt hatte, als wären es statt Menschenkindern wilde Truthühner gewesen, die er erschossen.

Wir fühlten uns weder berufen, noch ermächtigt, an einem Orte, wo die bürgerliche Gesellschaft und ihr rächender Arm aufgehört, uns zu Richtern aufzuwerfen, und ließen den Mann gehen.

Diese Trappers kehren jedoch immer nach einem oder mehreren Jahren wenigstens auf einige Wochen in den Schooß der Gesittung zurück, und zwar wenn sie eine hinreichende Anzahl von Biberfellen gesammelt haben. Gewöhnlich fällen sie dann einen hohlen Baum in der Nähe oder am Ufer eines schiffbaren Flusses, machen ihn wasserdicht, ziehen ihn in den Strom, packen ihre Felle und wenige Habseligkeiten darein, und rudern Tausende von Meilen den Missouri, Arkansas oder Red-River hinab nach Saint-Louis, Natchitoches oder Alexandria, wo sie in Thierhäuten auf den Straßen umherstarren, Erscheinungen, die den Fremden nicht selten in die Urwelt zurückversetzen.

Doch wir sind nun vor dem Dampfschiffe, und es ist Zeit, daß wir diesen amüsanten und unamüsanten

Betrachtungen ein Ende machen.

Druckfehler.
Band I.

98   2 [v. u.,] st. bis zu unsern Knöcheln, l. b i s   z u m
           G ü r t e l.

139   13   st. als wie, l. a l s   w i r.

Hinweise zur Transkription

Das Originalbuch ist in Frakturschrift gedruckt. In dieser Transkription wird gesperrt gesetzte Schrift "gesperrt" wiedergegeben, und Textanteile in Antiqua-Schrift sind "hervorgehoben".

Im Rahmen der Transkription

– wurde der Halbtitel entfernt;

– wurde das Druckfehlerverzeichnis, das im Original am Ende von Band I eingelegt ist, auf die Bände I und II aufgeteilt, und alle Berichtigungen entsprechend eingearbeitet (Seiten- und Spaltenangaben beziehen sich auf den Originaltext einschließlich der Fußnoten).

– wurde die Zeichensetzung "«," einheitlich in ",«" umgewandelt;

– wurden unleserliche Stellen auf den Seiten 22 und 23 ergänzt entsprechend der Ausgabe "Gesammelte Werke von Charles Sealsfield, Neunter Theil, 1846".

Hinweis: "Red-River" (auch: "Redriver") bezeichnet sowohl den Fluß als auch das gleichnamige Dampfschiff.

Der Text des Originalbuches wurde grundsätzlich beibehalten, einschließlich uneinheitlicher Schreibweisen wie beispielsweise "Blei"/"Bley", "Conecticut"/"Connecticut", "Candidat"/"Kandidat", "Doctor"/"Doktor", "funfzig"/"fünfzig",

mit folgenden Ausnahmen,

Seite 5/6:
"»" und "«" eingefügt
(»Moreland, du weißt, ist [...] kaum zweitausend per annum.«)

Seite 6:
"," eingefügt
(»Liebe verschmäht das schnöde Gold,« lispelte Margareth.)

Seite 6:
"," eingefügt
(S a r a t o g a, die bekannten Mineralquellen des Staates Newyork)

Seite 15:
"." eingefügt
(und derlei beneidenswerthe Dinge mehr. Sie scherzte, sie tändelte)

Seite 19:
"Dampfbote" geändert in "Dampfboote"
(So eben war eines der Philadelphia-Dampfboote angekommen)

Seite 34:
"Shery" geändert in "Sherry"
(S h e r r y, P o r t, Xeres und Oporto-Weine)

Seite 34:
"East-Iudia" geändert in "East-India"
(an der mit Lafitte und East-India Madeira besetzten Tafel)

Seite 37/38:

"die in-sen" geändert in "in diesen"
(länger aushalten können in diesen Whiskydünsten
und Tabaksqualm)

Seite 39:
"Morland" geändert in "Moreland"
(Ist mit Mama und Mister Moreland gegangen)

Seite 41:
"?" geändert in "!"
(Ganz im Ernste, lieber Howard!)

Seite 61:
zweimal "-" eingefügt
(Auskunft über alle Butter- und Kartoffeln- und
Mehlpreise)

Seite 63:
"Duzend" geändert in "Dutzend"
(ein Dutzend verschiedene Subjekte und Objekte zu
berühren)

Seite 64:
"Himme" geändert in "Himmel"
(den der Himmel selbst für seine Vermessenheit)

Seite 76:
"«" eingefügt
(mit ihrer Untersuchung beehren,« bemerkte
Richards)

Seite 82:
"-" eingefügt
(Die Hinterwäldler-Etiquette forderte unsere
Anwesenheit diktatorisch)

Seite 99:
"sumfigen" geändert in "sumpfigen"

(oder im sumpfigen Boden fortzuwaten)

Seite 104:
"Anrwort" geändert in "Antwort"
(der Hinterwäldler gab jedoch keine Antwort)

Seite 108:
"nnd" geändert in "und"
(und versank in sein voriges Hinstarren)

Seite 112:
"«" und "»" eingefügt
(mit wem ist er denn gegangen, Cesi?« sagte ich.
»Ging er)

Seite 113:
"«" entfernt
(Weißt du nicht den Namen des Mannes, Cesi?)

Seite 116:
"setnem" geändert in "seinem"
(von einem Besuche in Muller County mit seinem
Sohne zurückgekehrt)

Seite 136:
"Terasse" geändert in "Terrasse"
(Ich steige die Treppe hinan, und verweile auf der
Terrasse)

Seite 137:
"Mi Gregor" geändert in "Mc Gregor"
(Helen Mc Gregor)

Seite 141:
"Fachböte" geändert in "Flachböte"
(dabei flach wie unsere Breithörner oder Flachböte)

Seite 152:
"Me Gregor" geändert in "Mc Gregor"

(Helen Mc Gregor)

Seite 153:
"Huston" geändert in "Houston"
(Und die gellende Mistreß Houston)

Seite 153:
"Huston" geändert in "Houston"
(und mir fällt Mistreß Houston zu)

Seite 162:
"Botsmännern" geändert in "Bootsmännern"
(von zwei Bootsmännern, die auf dem Verdecke eines
Breithornes)

Seite 165:
"doddle" geändert in "doodle"
(Yankee doodle)

Seite 176:
"die" hervorgehoben [das gelbe Fieber fürchtet sich
vor Sibylle]
(denn die fürchtet das gelbe Fieber)

Seite 177:
"räumen" geändert in "träumen"
(von denen kaum einem Romanschreiber träumen
dürfte)

Seite 186:
"das-ganze" geändert in "das ganze"
(Es leben diese Menschen das ganze Jahr hindurch in
den Steppen)

Seite 188:
"," eingefügt
(denn Gewinnsucht wirkt hier, eine eben so mächtig
scheußliche)

Seite 190:

"Look ye It's my pocketbook." geändert in "Look ye, it's my pocketbook."

———